「いとしい」

谷口 きょう

文芸社

「いとしい」

傘から入り込んだ雨の雫が喪服をはじく。それを軽く手で払い落とそうとすると、力が強すぎたのか、水滴は潰れて伸びてしまった。

「そういや、葬式のときも雨やったなぁ。真一《しんいち》は雨男やからなぁ」

ハッとして声のしたほうを向くと、私に話しかけていたのだろうか、ただ呟いてみただけなのだろうか、義父がそう言いながら横をすり抜けていった。

傘の下で縮こまる義父の後ろ姿を見ながら、白髪が大分増えている、と感じた。たった二年しか経っていないのに、二十年分くらい一気に老け込んだのではないだろうかと思わされるほど、義父の背中は疲れを滲ませている。私の夫の死が、義父をここまで老け込ませたのだ。そういえば、葬式のときも義父は同じような言葉を口にしていた。「真一は雨男やしなぁ、やっぱり降りよったか」と。

　私は受け止め切れない現実がただ流れるなか、降り注ぐ雨の音を背景に、義父の独り言か、私に話しかけた言葉なのかをぼんやりと考えていた。私はそのときも、横をすり抜けていった義父の後ろ姿を見ながら、急に彼が老けたように感じていたのだ。当然かもしれない。自分の息子が自分よりも先に逝ったのだ、しかも突然に。大きな喪失と同時に生気も少しずつ抜け、それが彼を老いへと導くのだろう。もしかすると雨が、曇り空がそう見せているだけなのかもしれない。じわじわと老いに進む義父を、湿った空気が包んで、その姿を弱々しいものへと霞ませている。

「笑美《えみ》さん」

　後ろから肩を優しく叩かれただけなのに、考え事をしていた私は大げさに驚いてしまい、肩を叩いた本人である義母とその横に立つ義姉を逆に驚かせてしまったようだ。

「驚かせてしまった？」

「いえ、私こそ、ぼーっとしていて……」

　無様な驚き方をした恥ずかしさから、消えいるような声で言う。それを気にするふうでもなく、義母は透明のビニール傘越しの雨空に視線を移し、「やっぱり降ったなぁ」

と義父と同じような言葉を呟いて、小さく溜息をつく。

私は義母の横顔を、自分の黒い傘と彼女のビニール傘の隙間から眺める。その横顔も、二年前より一段と老けて見えた。髪は黒く染めているのだろうか。義父ほど白髪が多くなったようには見えないが、やはりどことなく、見えない部分から老けているように感じられる。息子の死は、彼女からも生気を抜き取っているのだ。

義姉は、その優しい一重瞼に、何ともいえない疲れみたいなものを滲ませるようになってしまった。一人の人間が死ぬという事実が、こういうふうに、時間とともに近くにいた者を変えていく。

義母は労るような笑顔を私に向けた。

「美登里《みどり》はもうそのまま帰るけど、私はちょっとマンションに寄らしてもらうわ。荷物も置いたままやし。美樹ちゃんにも会っておきたいわ」

義母は二週間ほど前から、夫の三回忌の準備などを手伝うために、京都から出てきて私たちの住むマンションに泊まっていた。夫の母親であるこの人は、葬式のときも、まさか二十八歳という年齢で喪主を経験するなんて想像すらしたことのなかった私に、全ての段取りや決まり事などを教え、指示して、正気を保てない状態に陥っていた私をずっと励まし続けてくれた、強くて頼りになる女性だ。

年齢のことを考えると、私の数倍も疲れたであろう。にもかかわらず葬式のときと同様、今回もそれを口にすることなく、ただひたすら私を労りながら働き続けてくれた。

義母の横で半透明のビニール傘を差しながら立っている義姉の足が少し前に動く。

「疲れたやろ、笑美さん。悪いけど私はもう帰らせてもらうわ。旦那の仕事もちょっと手伝ってやらなあかんし」

義姉は労いの言葉を私に、目線を自分の母親に送り、半歩下がった。私は追いかけるように一歩前に出て義姉に頭を下げる。

「本当にどうもお忙しいところ、すみませんでした。わざわざ京都から来ていただいて……。お義兄さんのお仕事も大変なのに」

「いや、そんな気を使わんといて。実の弟の法事やもん、当然やん。それよりも、私、何も手伝えんかって本当にごめんな。役に立つかどうかわからん母親やけど、まだ少ししおるつもりみたいやし、使ってな」

いえいえ、そんな、という感じの応対をした後、義姉は所在なげに立っている私の母親を見つけ、挨拶に行った。

義母はそれを見ながら、また溜息をつく。二週間、朝昼晩、ともに生活し、何となく気になっていたのだが、彼女が溜息をつくのは癖のようなもので、本人も気付いていないみたいだ。もしかすると、もともと持っている癖かもしれない。しかし、その溜息の一つひとつに、何かやり切れない思いが吐き出されているのだろうと、表情から察せられる。喪服を着ている彼女の肩を、傘では避け切れなかった雨が濡らしている。

「笑美さん、もう全部やること終わったし、そろそろマンションに戻ろうか。お母さんやお姉さんやらも、マンションに来てくれはるんやろ？　美樹ちゃんは？」

義母は、疲れが滲み出た笑顔で私のほうを振り向く。私も疲れを押し込めながら笑顔を作る。

「姉の子供たちと一緒にマンションに戻ってます。あ、お母さん……」

私が呼びかけると、義姉と喋り終わった母がこちらを向く。義姉はそのまま私たちに一礼をして、時計を見ながら去っていった。母は義母のほうを向き、お辞儀をする。

「どうも、このたびはいろいろとお世話になりました。本来なら、私どもがもっとこの子を支えないといけないのに、自分たちが中心となって動く喪の経験がない私どもでは、大したお役にも立てず、お母様ばかりにお世話かけまして……」

義母も、頭を下げる母と目線を合わせるように、少し腰を曲げて言う。

「いや、そんなこと言わんといてください。私かって大して役に立ってないんですから。ほとんど笑美さんが自分の力でやらはったんですよ。若いのに、立派です。それよりも、美樹ちゃん、ちょっと見ない間に大きなって。驚きました。うちの娘には子供いないんで、すっかり子供の成長の早さを忘れてましたわ」

「お姉さんは、お子さん、まだなんですね。先ほどお話していたとき、おっしゃってました。今、旦那さんのお仕事も大変みたいですね。確か、酒屋さんをされていて……」

どうでもいい話が始まった。少し遠い目で、会話をする義母と母を眺める。

年はとったが、私の母は二年前とほとんど変わっていない。白髪も綺麗に染められ、年齢相応の化粧をした顔にも、そこはかとない疲れを滲ませたりしていない。ただ、私と美樹を見つめる目に、同情が、うっすらと込められるようになっただけだ。私と話すとき、両親も、姉も、妹も、ふいに同情めいた間を持ったり、遠慮をしたりする。それがときとして私を安らげ、ときとして苛立たせる。両親や姉妹たちは、私や美樹を通してしか夫との関わりを持っていなかったので、自分たちが悲しむよりも、悲しむ私に対して同情することが優先されるのだ。

　気が付けば、私たちの足はマンションのほうへ向かっていた。もうすでに、会話は酒屋さんの大変さから違うものに変わっている。私は半分以上、会話を聞いていなかったが、相槌だけは適当に打っていた。多分、二人とも私が上の空なのに気付いているだろう。私はそれを無理に隠そうともせず、二人の会話に相槌を適当に打ち続けた。

　まだ五時なのに、雨のせいですっかり辺りは暗くなっていて、重苦しい空がマンションや小汚いアパートが立ち並ぶ住宅街を狭く見せる。初夏特有の生暖かい空気が肌と服の間をじっとりと挟み、雨が靴を通してストッキングまで濡らしているので、とにかく全身が気持ち悪かった。私は手遅れなのにもかかわらず、靴をこれ以上汚さないために、水溜りを避けながら歩いた。


　マンションに着くと、黒のワンピースから普段着用のピンク色のワンピースに着替えた美樹が、二つに結んだ髪の毛を揺らしながら、靴を脱ごうとしている義母に飛びついた。二週間もここで可愛がり、甘やかしてくれた祖母に対して、この孫はすっかり懐いてしまったのだ。

「おばあちゃん。遅かったね。美樹、京都の伯母《おば》ちゃんからウサギさんもらったの。ピンク色で可愛いウサギさん」

美樹は自慢げに、自分の手にしている縫いぐるみを義母の前にやる。

「え、美樹、いついただいたの。いただいたらすぐにお母さんに言わないと駄目でしょ？」

「あら可愛い、よかったわねぇ」と義母が美樹に言っている中を割るように私がそう言うと、美樹は私に、「うん」とだけ適当な返事をする。義母は「別にいいじゃない」と言ったが、そういうわけにもいかない。

夫には義姉しか兄弟がなく、しかも義姉には子供がいない。義父も義母も当然のように、唯一の孫である美樹を可愛がるし、義姉も唯一血の繋がった親類の子供は美樹だけなので、あまり頻繁には会えないこともあって、とても大切にしてくれる。夫の家族たちからお姫様扱いを受ける美樹は、当然のように夫の家族たちが大好きになる。変わった布でできたフワフワのウサギの縫いぐるみを片手に義母の足にしがみついている美樹を見ながら、義姉が京都に着く頃にお礼の電話を入れなければ、と心に留めておく。

「あ、お帰りなさい」

姉が、私の貸したエプロンをしたまま玄関にやってくる。もう小学生の子供が二人いる姉は、使い慣れていないはずの台所で、私よりも上手に料理する。私がときどき使っているエプロンも、私より姉のほうに十分馴染んでいるように見えてしまう。

「ただいま。順ちゃんと尚ちゃんは?」

「もう家に帰したわ、主人がいるし。あまり人数が多すぎても、このマンションは狭苦しいでしょ?」

確かにそうだ。子供は大人より小さいが、動き回ったり大きな声で話したりするので、大人が三人いるよりも場所を取る。特にこのマンションの部屋は、台所が繋がった十二畳のリビングと、六畳の和室が二つしかない。三歳の美樹が一人いるだけで、二人しか暮らしていないのに、ときとして、狭く感じる。

「悪かったわね、ずっと美樹を見ていてもらって」

私が姉に軽く礼を言うと、姉はとんでもないと、手を顔の前で横に振る。

「もうあの子たち、一年生と三年生になるんだから美樹ちゃんの相手をするのは当然の年齢よ。尚なんて自分に妹ができたみたいなのか、すごくお姉さんぶっていたもの。あ、それよりもお義母さん、すみません。何か、うちの子たち、お義母さんと、お義姉さんからもお小遣いいただいたみたいで」

姉が義母のほうを向き、思い出したように礼を言う。

「いや、たいしたものじゃないんですよ。それよりも、私のところは美登里に子供がいないんで、羨ましいですわ。にぎやかでしょう、お家《うち》のほうも」

義姉は結婚して十五年になるが、子供はない。義母がまだ待っているのか諦めているのか口に出して言わないが、義姉は諦めていることをこの間の電話で言っていた。私の姉は結婚して十年になる、九歳の子と六歳の子の母親だ。

「にぎやかというよりも煩《うるさ》いんですよ。特に、上の子は男の子なんで、やんちゃしたり妹を苛めたり大変です。主人も、ぼーっとしている性格なんで、私ばかりが怒って
……」

「確かに男の子は大変やわ。家の真一もそうやった」

義母も夫が子供の頃にしたやんちゃの話を始め、姉も自分の息子がするやんちゃを

それに重ね合わせる体験談で口を挿みながら聞き、黙って立っているのも辛くなった母もそこに参加する。しかし、母はあえて聞き役に回っている。娘しか持たない母には、男の子がするやんちゃに困った母親の気持ちは解らない。義母と姉が披露する困惑話に、声を出して笑っているだけだ。

大人の話なんて退屈な美樹は、四人も立つことができない狭い玄関から移動する私についてきた。

リビングでは、無駄に流れるテレビを見てもいない義父と、頭の剥げた部分までビール数杯ですっかり赤くなった父が、並べられたご馳走の前に座っていた。美樹はすぐに、酒を飲む義父のところに走り寄る。

「笑美、疲れただろう？　お前もゆっくりしなさい。由美がいろいろと作っておいてくれたぞ。ずっと動き回って、料理屋でもあまり食べていないだろ？」

父の言葉に生返事をしながら、タバコを吸おうとしている義父の前に灰皿を置く。歩くと濡れたストッキングがフローリングに足跡を付け、そのせいで滑りそうになった。お膳には、姉が作ってくれたサラダや揚げ物、刺身などが美味《おい》しそうに並んではいるが、あまり食欲は出てこない。

「美樹。お行儀悪いでしょう。食べるなら、きちんと座って食べなさい」

義父の横で、立ったままえびフライを指でつまんで食べる美樹に言うと、義父は「いいじゃないか」と言う。義父も義母も、美樹の行儀の悪さなどは全部この言葉で許してしまう。これだから美樹は子供の特権をますます使うのだ。私の言うことを聞かないまま、嬉しそうにえびフライを頬張り、私の父にジュースを取ってもらっている。

「あらー、美味しそうやわぁ。これ全部、由美さんが作らはったん？　私もお腹《なか》空いたから、呼ばれようかな」

玄関でのお喋りを終えた義母がそう言いながらやって来て、座った。姉は慌てて小皿と箸を義母の前にやり、自分も座る。母も後に続くように座った。美樹は寂しそうにする義父を見捨て、すぐに義母の隣にきちんと座る。持って生まれた上品さというものが存在する義母の前では、美樹も普段では考えられないほど行儀が良くなる。

「笑美、あんたも着替えてきたら？　喪服を汚すと困るでしょ」

立ったまま、ぐしょぐしょになったストッキングを気にしている私を見て、姉が半分命令のような口調で言う。私は食べる気がないので汚すこともないと思うのだが、確かに喪服のままでいるのは窮屈だし、すっかり濡れてしまったストッキングも脱ぎたいと思っていた。

夫の仏壇が置いてある隣の部屋へ行き、いつものジーパンと、丸めたように引き出しに詰めてあったTシャツをタンスから取り出す。義母がしばらく家にいたこともあって、脱ぎ散らかしたままという状態はなかったが、やはりきちんと畳むのはおっくうだったのだ。

襖の隙間から差し込んでくるリビングの明かりや笑い声が、仏壇とタンスと本棚のせいで狭くなった真っ暗の部屋に寂しく漏れてくる。電気も点《つ》けずにいるせいで、妙なほど雨音が耳についた。

私は、急《せ》かされているかのように、皺くちゃのTシャツとジーパンを身に着け、雨に濡れて湿った喪服をハンガーに吊し、リビングに繋がる襖を開けた。真っ暗な、雨音だけが響く部屋から、明かりの点いた、人が話している声のする場所へ来たことに安心する。襖の音で顔を上げた姉が、小皿と箸を、空いている席へ寄せてくれた。

私は空いている母の横に座り、自分のために冷たいお茶をグラスに注ぐ。ガラスのコップの中で揺れる茶色の液体を、何気なしに見ていると、疲れがどっと時間差で襲ってきた。やはり、仏事は全てが終わるまでは気が張るものだ。

「でも、本当にお世話になりましたわ、お義母さん。私もなんですけど、娘たちも、全く、仏事とかに疎いものですから、本当に役に立てなくて」

母が義母にビールを注ぎながら、真面目くさって言う。私の家系は、皆あまり酒が飲めないが、夫の家系は皆強い。上品な顔立ちに似合わず、義母は酔うことを知らないと言えるほど飲める。義姉も酒屋が関係しているのか知らないが、飲める。義父も酒が大好きだだし、夫もほぼ毎日飲んでいた。

「それは、あんまり縁がなかったっていうことでしょ？　羨ましいわ。もう、こんなことに慣れるとかって、ほんまに寂しいことなんですよ。真一と笑美さんが結婚したばっかりの頃、この人のお父さんが逝ってね」

義母が義父のほうを目で指す。会話に混じっていなかった義父は、タバコを指に挟んだまま自分の話をされていると気付いたのか、義母のほうを向く。

「安心したんかもしれないんですけどね。可愛がっていた孫が可愛いお嫁さんもらったから。私らも、もう見送る人はいーひんな、自分らがじきに見送られるんやな、ってお父さんと話してたんですけどね。まさか、真一を見送るとは思わなかったんです」

義母はいつもの溜息をつきながら、ビールをちびりと口にする。

そういえば結婚してすぐの頃、夫の祖父が亡くなった。結婚の挨拶をしにいったときと結婚式のときに少し話をしたくらいで、夫の祖父とはあまり関わりを持っていなかったが、結構、ショックを受けた。

「ほんま、こんなべっぴんな嫁さんもらって、真一は幸せやなぁ」と夫に言いながら、目元に皺を作って笑い、私を眺めていた優しい顔が印象的だった。

私は結構小さい頃に、自分の祖父母が亡くなるのを見てきた。長男でも長女でもない両親は、葬儀で中心となって動くことがなかったので、私は本当に葬式というものの中身を知らなかった。お坊さんが来て、制服でお経を聞いて、料理を食べて。子供として扱ってもらえる年齢のときに祖父母の葬式は済んでいたので、葬式の実感はあまりなかったのだ。

夫の祖父が亡くなり、そのときに初めて、誰かが亡くなったときに行う儀式というものを実感した気がする。もちろん、私が子供だった頃との比較もあるのだろうし、田舎で行われたか都会で行われたかということも関係するのだろう。

夫の祖父の葬式は、長男である夫の父親が喪主をしていた。義父の出身は福井県で、私は夫の祖父の死に対する悲しみよりも、田舎独特の葬式に驚いたことのほうが、鮮明に記憶に残っている。

通夜のとき、喪主の奥さんや亡き人の娘たちが無地の色物の着物を着ることにも、葬式の当日は喪主が白い袴みたいなものを着ることにも驚いた。私は、黙ったまま悲しみに浸っている夫に申し訳ないと思いながらも、その儀式の様子を驚きと好奇心の目で眺めていた。

四十九日の料理の席では、私も親類の女に入るので、義母や義姉と同じように男の人たちにビールや酒を注いで回った。

あの孫の嫁さんか。そうです。べっぴんさんをもらったな。あら、そんな。子供はまだなんですよ。

というようなやり取りをしながら、私たち親類の女は食べる暇もなくずっとビールを注いで回っていたが、疲れはしなかった。それなりに緊張もあったせいでもあるが、何より、その儀式に対して初めての経験ということを面白がっていた事実もあるのかもしれない。女の人たちと台所で交わす雑談も楽しかった。

「疲れただろう？　特に田舎は男社会だからな」

帰りの電車で夫が言った。

「別に疲れなかったわ。むしろ、珍しいことが沢山って感じだった。男社会って言っても、女の人を蔑《さげす》んでいるわけじゃないでしょ。女の人たちは儀式に添って、一歩退《ひ》いているだけにしか見えないもの」

私は夫の親類たちと交わした会話を思い出しながら言った。夫の祖父の場合は逆だが、ほとんどの老夫婦は夫が先に逝っていて、妻が残っていた。そして、妻たちは一人でも元気に生活し、自分たちの亡き夫の悪口などを冗談交じりで話したりしていた。法事の段取りやいろいろな細かい部分も、ほとんど女たちがする。だけど、大事な部分だけは男を前に出す。前に出された男たちは堂々とそれをやりこなし、それを満足げに女たちは見守る。夫婦の形などそれぞれだと思っていたが、田舎の場合は似た形が多かった。

「僕は疲れたな。やっぱり女は強いよ。多分、死ぬのも僕が先だろうな。僕の葬式は大層にしないでいいよ。法事とか、全部いらない」

冗談半分に夫が言った。

「どっちが先に死ぬかなんて判らないわよ。まだまだ先でしょ。それに、それを頼むのなら子供に頼まないと。一家の主が死んだとき、喪主って息子がするのが普通なんでしょ？　まぁ、子供に言い聞かせたらいいわ。法事は一切いらないって」

私も冗談半分で返事した。そのとき、美樹はまだお腹にもいなかったが、私たちは子供を持つ気が満々だったし、子供についてもしょっちゅう話していた。それに、いずれ訪れる自分たちの死や葬式についての話を笑いながらできるほど、私たちは若く、現在が当然のように続くものだと信じていた。

しかし、夫の予想は当たってしまった。

それから二年後に、バイクの事故であっさりと逝ったのだから。予想を遥かに超える早さで、予想通り私より先に逝ってしまった。喪主は私がしたし、法事もすべて行った。夫の遺言は無視されたというわけだが、当然だ。夫婦が約束をしたからといって片付く問題ではないのだから。

「ほんまに笑美さんには申し訳ないんですよ。綺麗な嫁も、可愛い娘も残したまま、早々逝かせてしまって」

義父がタバコの灰を灰皿に落としながらしんみりと言った。義父も義母も義姉も、会うたび、電話で喋るたびにこれを口にする。しかし、どれだけ申し訳ないと言われても、夫が逝ってしまった事実をどうすることもできないし、夫の家族に責任があるわけでもない。これを言われたとき、どう返事をしていいのか判らない。私は黙ったまま、お茶を眺める。

「そんな。真一さんがいなかったら美樹を授かるなんてできなかったんですよ。こんな可愛い娘を授かることができただけでも、笑美は幸せですわ」

何も返事をしない私の代わりに母が言う。姉が眉を寄せながら口元だけを緩ませる同情の顔で頷く。皆の視線が自然に美樹のほうに向く。義父に付き合っていた、酒に強くない私の父一人が眠そうにしているだけで、みんな同じような湿っぽい表情になる。私は、普段美樹が食べ物の前でしたら叱るくせに、膝を抱えて座り、冷たくなった足の指先を摘む。箸に手をつけていないから別にいい、と勝手に言い訳を考えながら。

「でもな、笑美さん。女一人が子供を抱えて生きていくのは大変や。もし、いい話があったら、真一に遠慮なんてせんでええんやで」

義父が私を見つめながら言った。

「ありがとうございます。でも、今はそんな話はやめてください。考える気もないんです」

私は義父を見つめ返して、ハッキリと言った。

こんなことを言うと、受け取りようによっては、夫が死んだ悲しみから抜け出しきれないで、亡き人に対して永遠の愛を誓う、貞淑な妻に見えるかもしれない。別に、夫に対する遠慮とかそういうものではなく、言葉通りに再婚を考える気になんてなれないのだ。実際、子供を抱えたまま一人で生きる女としての、将来に対する不安さえまだ湧いてこないほど、夫が亡くなった事実というものを嘘臭くすら感じているのだから。

不安げに私を見つめる母と姉の視線を無視して、私は美樹に手招きする。美樹は嬉しそうにこっちへやってきた。やはり幼い娘にとっては母親が一番なのだ。これに、妙な優越感が湧く。

「お母さん、この子の名前、何にすればいい?」

大人たちの会話に入ることもできず、ずっと退屈しきっていた美樹が、子供っぽい問いを持ってくる。

「男の子なの、女の子なの?」

「この子は女の子。この間、喜美《きみ》ねえちゃんからもらったパンダさんが男の子だから」

わざとらしいほど話も雰囲気も変わってしまった空間で、義父が悪いことを口にしてしまった後の、申し訳なさそうな顔をする。義母が義父に目線で怒るのが見えた。乾いた空間の中で、一人酒に酔って眠たそうにしていた父が、とうとう眠ってしまった。

「本当にすみません、お義母さん。何から何まで」

疲れているだろうに、美樹と一緒に風呂に入り、寝かしつけてくれた義母に申し訳ない気持ちでいっぱいになってそう言うと、義母はうちわで顔を扇ぎながら穏やかな笑顔を返してくれた。

化粧を落とした義母は、化粧をしているときより若返って見える。もちろん、風呂上がりということもあるのだろうけど、何よりも、化粧という女の一番の鎧を取った状態というものは、無防備による美しさが出る。意志の強そうな一重瞼の整った顔立ちと、中年丸出しの私の母とは全然違う痩せた体つきが、義母を強い女性に見せる。芯のある強い女性は、妙な鎧を着けないほうが美しいのかもしれない。防具は、ときとして重さに変わり、動きを妨げる。

「そんな、とんでもないわ。私こそ、なんか居着いてしまったみたいやもの。どうしよう。美樹ちゃんから離れられんようになりそうやわ。楽しくて仕方ない。お父さんと一緒に帰ったほうが賢明やったやろうか」

義母は、義父を一人で京都に帰し、後数日間はここにいると、玄関を出る直前になって言い出した。しかし、仏壇の前に座る義母を見ると、美樹ではなく、夫と、――彼女の息子と――もう少しいたいという気持ちがあったのだろうと思う。

先ほど、義姉から京都に着いたという連絡と、義姉の夫から来られなかったことに対する詫びを告げられた。私はウサギの縫いぐるみに対する礼を言った。同じ東京都内に住む、両親と姉からの帰宅の連絡は少し前にあった。妹は私のマンションには寄らず、さっさと帰ったので、連絡がないが着いていないはずはない。

熱そうに顔を扇いでいる義母のために、私は冷蔵庫からアイスコーヒーのペットボトルを取り出し、グラスに注いだ。

「喜美さん、結婚はまだ考えていはらへんの?」

私が入れたアイスコーヒーを受け取りながら、いきなり義母が言い出す。

「付き合っている人はいるんですけど、結婚は考えてもいないみたいですね。こういう時代だから、焦ってもいませんよ、あの子。恋愛を謳歌している現代の若者って感じですね」

妹の喜美は、彼氏はいるが、まだ結婚の予定もないらしく、親元で暮らしている。二十六歳という年齢は、今の時代ではまだ結婚するのが遅いとは考えられていない。時代によって価値観などは恐ろしいほどに変化する。「女はクリスマスケーキだ。二十五を過ぎたら大安売りだ」などと言われていた時代は、私が二十五歳のときにすでに去っていた。結婚も考えていない相手と旅行へ行ったりするなんて、義母には考えられないことだろうが、今の時代では普通に受け入れられる。喜美は以前の彼氏とも、現在の彼氏とも海外旅行を経験しているし、それを親たちに隠そうともしない。

義母が美味しそうに飲むのを見て、私もアイスコーヒーが飲みたくなり、冷蔵庫を開ける。じめじめとした空気の中で、ふわりと冷気が顔の前だけに広がった。

「うちのお父さんが言っていた言葉、私も反対ではないんやで」

私は意味が判らず、冷蔵庫に半分顔を突っ込んだまま、「え?」と振り返った。義母はグラスの水滴を指で拾いながら続ける。

「再婚のこと。確かに、まだ真一が死んで、二年しか経ってへんし、いきなり言い出したお父さんは無神経やけど、あれは本心で言ってるんやで」

「お義母さん。だから私は、まだ……」

「そうや。まだ、無理に考える必要はない。ただ、笑美さんはまだ若いやろ。うちの真一とも見合いの結婚や。これから先、誰かと出会って恋に落ちるかもしれん。その可能性は全くないとは言い切れへんやろ。そのときに、真一だけじゃなくって、美樹ちゃん以外に孫がいてへん私らにも遠慮をしてほしくないだけなんや。別に美樹ちゃんのためにとか言いながら、無理に薦めたりはせんけど、私らに遠慮だけはしてほしない。笑美さんには笑美さんの幸せがあるんやから、妙に真一に遠慮して、自分を縛り付けてほしくないんや。女が一人で幼い娘を抱えて生きていくのは、ほんまに大変やで」


義母は私の目を見ながら一気に言った。その目線の真面目さに、私は、クラスの一人がしたことで、クラス全員のことを叱る教師に叱られている生徒のような気持ちになり、自分の感情が理解し切れなくなる。自分には関係ないのだから放っておいてほしいと思うのだが、何故か自分にも非があるように考えてしまう気持ち。実際、義父が口に出すまで、再婚のことなど考えてもみなかったのだ。しかし、突然の夫の死後、もしかするとほとんどの人がそういう目で私を見ていたのかもしれない。

ああ、あの若さで夫を亡くしたんだ。娘も小さい。可哀相だけど若いから再婚相手もすぐ見つかるだろうと。

まだ夫の死のショックから覚めない妻を気遣って、口に出さなかっただけなのだ。そう思うと、その人たちの、お節介で悲しい親切心に対するやり切れない思いが溢れてくる。

瞼が熱くなるのを感じる前に、涙が出てきた。止めようと思ったのだが涙は重力に伴って頬を滑り落ちていく。目の前にいる義母は泣き出した私に慌てて謝った。

「ああ、ごめん。こんなこと、今言うもんじゃないな。ほんまにごめん。変な意味には取らんといてな」

しきりに、ごめん、と繰り返す義母に対して何も返事ができず、私はわがままで急に泣き出した子供のように、身動きもせずに拳で涙を拭い続けた。

雨がやんだせいで、湿った空気が冷たいものへと変わり、ベランダにパジャマ一枚で立っている私の肌を震わせる。義母が眠るのを確認した後、私はタバコを吸うためにベランダに出た。洗濯物を干す以外には機能を持たなかったベランダだが、いつの間にか夜の喫煙所ともなっている。

夫も私もタバコを吸う習慣などなかったのだが、夫が死んでから、いつの間にか私は身に付けるようになった。

乾いたフィルターを銜えてタバコに吸い取るように火を点けると、静かな闇の中ではライターのカチリ、という音さえもが空々しいほど響く。思い切り吸い込み、口から吐き出された濁った煙が、夜の空へ混ざっていく。それをただ眺めた。遠くで鳴る救急車のサイレンや、車が水溜りを撥ねながら走っている音を聞く。一人で部屋にいると、今、起きている者は自分しかいないような感覚に陥るけど、それでも、外に少し出ただけで、沢山の人がまだ起きているのだと、何となく安心する。密室で沢山の人間の中にいると一人になりたいと強く思うのだが、いざ一人きりになると不安感が押し寄せてくる。

目を閉じながら、夫の両親の言葉を頭で反芻した。

「女が幼い娘を一人抱えたままで生きていくのは大変だ」と。

先ほど、ウサギとパンダの縫いぐるみに両脇を挟まれた美樹の寝顔を見ながら、父親の不在に対する子供の思いについて考えてみたが、何も思いつかなかった。「母子家庭」という言葉は、私の幼いときなら同情の目で見られたものだが、今は違う。離婚家庭は増えているし、父親のいない子供がお節介じみた同情の目で見られることは少なくなっているだろう。美樹に父親が必要だからといって、私が急いで再婚をするのは考えたくない。誰かと恋に落ち、その人とともに暮らしたくて結婚するという未来も予想できない。

私はもともと、恋愛に対して興味はなかった。夫と見合いする前、学生時代や勤めていた時代に付き合ってみた男はいないわけでもなかったが、どれも私にとって重要なことではなかったし、素晴らしくいい思い出としても、胸が引き裂かれそうな切ない思い出としても残っていない。男と付き合っているときも、その相手との将来を考えたことなどなかった。目の前にある情熱に酔いしれるといった可愛いロマンチックな感情に浸った記憶もない。恋にはしゃぐ同世代の子たちを遠い目で見ていた気がする。どんな人と付き合おうと、男たちはただ私の目の前を通り過ぎただけで、私もそれを気に留めることなくただ見送った。

二十四歳のとき、母の友人に見合い話を持ってこられたとき、すぐにそれに乗ったのは、自分の家族を、夫と子供のいる環境を持ってみたかったからだった。

当時、姉はすでに結婚していて、子供を持っていた。その子供の可愛さを、大変さを、母と楽しそうに話している姉を見て憧れた。家族を率いる中心となって、子供を持ち、生活をすることに興味を持ったのだ。恋愛に興味を持たない私にとって、見合い結婚とは、一番真っ当な結婚手段に見えた。

三歳年上の夫と、会ってすぐ結婚を前提にした付き合いを決めた私に、家族も含めた周囲の人たちは、焦らなくていいのではないかとそろって口にした。まだ若いのだ、慌てて結婚前提の付き合いを進めていかなくても、これから恋愛があるかもしれないのだからもう少し待ってもいいのではないか、と。私は焦っているわけでも何でもなかった。自分が結婚し、家族を作るなかで持たなければならない責任感を、十分に持っているつもりだったし、恋愛結婚が一番いい結婚の手段だとも思っていなかった。結婚とは夫婦が信頼し合い、責任を持って家族を作り、守ることにある。パートナーを選ぶきっかけが、恋愛だろうと見合いだろうとこだわりはなかった。どの道、私はいずれ結婚して家庭を持つという未来を考えていた。夫と結婚を前提の付き合いをすることを決めたのは、会って話をして、この人となら素敵な家族が作れそうだと思ったからだ。

「僕の年齢では、今の時代、結婚に焦る必要はないと、皆が言います。別に僕も焦っているわけじゃないんです。ただ、妻と子供のいる空間にある、自分の居場所に憧れているんですよ」

一重瞼の目を糸のように細めて微笑みながら、初めての出会いのとき、夫は言った。私も笑顔を浮かべ、綺麗なレストランの割には美味しくないコーヒーを飲みながら彼の話に頷いていると、彼は申し訳なさそうに続けた。

「でも、笑美さんは美人だし、まだ二十四歳でしょう。もしかして、何か大きな失恋とかがあって、自棄になって見合いを受けたのかもしれないですけど、貴女のような人なら、僕みたいなただのサラリーマンじゃなくて、もっと素敵で生活力のある男の人が見付かりますよ」

何故か私を慰めている彼の言葉に、慰められる理由もない私は笑ってしまった。笑い出した私を不思議そうな目で見る彼に言った。

「私もあなたと全く同じです。焦っているわけでも、自棄になっているわけでもありません。周りは焦るな、いい恋愛にめぐり合う機会があるかもしれないと言います。でも、私はあまり恋愛に興味はありません。私も、ただ、夫と子供のいる空間にある、自分の居場所に憧れているだけです」

お若いのに珍しい考えですねと、自分の事は棚に上げて妙に年寄り臭い言葉を発した夫に、今度は声を出して笑ってしまった。

何度目かのデートのとき、乳母車を押している奥さんと買い物の荷物を持たされている旦那さんを眺めている夫の、本当に羨ましそうな横顔に、私は思わず微笑んだ。

「羨ましいの?」

彼は少し照れながら答えた。

「すごく、羨ましい。羨ましくて堪らない。すごい美人の女と手を繋いだり、肩を組んだりしている男を見ても、そんなふうに思ったことないのに……。あ、こんな美人を連れながら言うべき言葉じゃないね」

慌ててお世辞を言う彼に、私は笑いながら答えた。

「私も羨ましいわ。でも、もうすぐ手に入る光景よ」

再び煙を吐く。私にはタバコを美味しいと思う感覚はなかった。何となく始め、何となく続けているだけだ。どうしても幼い娘の前でタバコを吸うのは憚られるから、私がタバコを吸うのは美樹が眠りに就いてからになる。

夫の死後、私はしばらく眠ることができなかった。時間が経つにつれ落ち着きはしたが、寝つきの悪い体質になってしまった。

一人で過ごす、眠れない夜は長すぎる。その時間潰しのためかもしれないが、もうほとんどニコチン依存症だ。タバコの毒素を吸い込んでいる間は、何も考えず、ぼけっとしていられる。鼻につくタバコの煙の隙間から、雨上がりの夜が持つ独特の匂いがした。

私は半箱ほど吸い切り、部屋に戻った。

義母が京都に戻り、最初は寂しがってぐずった美樹も、三日ほどで母親と二人だけの、元の生活に慣れ出した。ただ、義母が作った和食の朝ごはんを気に入ってしまった美樹は、今までのようなトーストと目玉焼きにサラダといったものよりも、味噌汁とご飯と出汁《だし》巻き卵を欲しがり、ぐずられるよりはマシだと思った私は、面倒ながらもそれを朝から作っている。

マンションの八階にあるこのベランダからは、空のほうがよく見通せる。私は洗濯物を干しながら、眩しさが瞼の奥に沁みるほどの青空に目を細めた。今日は午後に短大時代からの友人である千夏《ちなつ》と約束がある。それまでの時間を外で過ごすのも悪くない。私はそう思い、千夏と会う間、実家に預ける美樹を連れ、予定より早めにマンションを出た。


平日の、天気の良い日は家に閉じこもっているのがもったいないと感じる人間が多いのだろうか、特に私と同世代の女が街には溢れ返っている。綺麗に化粧をし、テレビや雑誌で繰り返される今年流行の服に身を包み、本当に子供を産んだのだろうかと思えるほど細い体のママたちが多い。細いヒールを履いた足でしっかりとベビーカーを押す、若々しいママたちに感心する。走り回る美樹には、もうベビーカーなど必要ないが、美樹にベビーカーが必要だったときも、私は動きやすい服装や靴しか身に着けなかった。

待ち合わせをしている喫茶店で、コーヒーを飲みながらガラス越しに歩いている人たちを見ていると、小走りで千夏がやって来た。遠くからでも目を惹くほどのプロポーションを持つ千夏は、明らかに私と同年齢には見えないだろう。ただ痩せているだけの女とは違い、彼女の場合は出るところが出て、引っ込む場所が引っ込んでいるのだ。マネキンのように完璧な体は、彫りの深い顔が見えないほど遠くにいても、人目を惹く。

「ごめん、遅れたわね。あれ、美樹ちゃんは？」

私の向かい側の席に腰を下ろすと、千夏の耳元で大きな金色をした輪っかピアスが持ち主の動きとともに揺れた。

「母に預けてきた。子供が入ると、あまり喋れないでしょ？」

千夏と会うなどと言うと、美樹は絶対についてきたがるので、誰と会うかは告げずに来たのだ。

ニキビ跡の多さが気になるが、割と整った顔立ちの学生アルバイトらしき青年がやって来て注文を聞く。そして、隙のないほどの完璧な美人である千夏に、ジロジロと目線が行くのを抑えるように感嘆の瞳で眺めながら注文を繰り返し、戻っていった。

「今の子、あんたに見とれていたじゃない。タイプ？」

私が冗談めかして言うと、千夏も冗談めかして答える。

「十も年下の子なんて、おばさんには相手し切れないわ」

千夏は恋多き女であり、三十にもなるのに、いまだ短いサイクルで恋人を替えている。しかし、かなりのナルシストだと自認している彼女にとって、男とは自分の価値観を確認するための存在でしかないらしい。一人でやっていく生活力もあるし、自分だけで作る生活を誰にも邪魔されたくないから一生結婚などしないとよく言っている。

考えも性格も全然似ていないのだが、私たちは短大で初めて言葉を交わしたときから気が合った。私は千夏の頭の回転の速さや巧みな会話力に惹かれたし、彼女も私の物事に関しての無頓着さや無気力さに興味を持ったみたいだった。短大を卒業し、私が学習塾で英語を教え始め、彼女が編集の仕事に就きたいと文芸学科に編入していった後も、私たちの友情は続き、今に至っている。

結婚し、子供を生んで私は少し老けたが、彼女は相変わらず若々しくて、美しさの衰えを見せない。

「悪かったわね、本当に。真一君の三回忌、仕事で行けなくて」

千夏が申し訳なさそうに言う。

「別に気にしないで。真一さんも判っているだろうから」

「千夏ちゃん」「真一君」と呼び合うほど、夫と親友は仲良くなった。夫の友達や仕事仲間は、夫を通してしか私は知らなかったし、私のほかの友人や元仕事仲間も、私を通してしか夫は知らなかった。直接、美樹も含めた私の家族全員と友達になってしまったのは千夏だけだ。会社勤めである夫と千夏は、ときどき帰りに待ち合わせなどして、二人で飲みに行ったりもしていた。

「しかし、あんたも頑張ったわね。二年も経つじゃない、真一君が亡くなってから。あのときはどうなるかと思ったけど、三回忌まで来たんだもん。立派な奥さんよ」

確かにあのときは世話になった。呆然と暮らす毎日、この友人は仕事が終わると、私を心配して、ちょくちょくマンションへ寄ってくれた。

「そうね。あのときは二年後なんて考えられなかったわ。ほんと、迷惑かけたわね。恋人とも破局させてしまったし」

私がおどけて言うと、千夏もそのときのことを思い出して笑った。

当時、全く構ってもらえなかった彼女の恋人は、友人の家にばかり行く千夏に、我慢ができなかったらしい。

「そのことに関して、恨んでいません。恋よりも友情を取る女ですから、ワタクシは」

胸元に手をやりながら宣言する千夏に、私も思わず笑ってしまう。

「二年なんて、早いって他人さんは言うのよね。でもあんたにとっちゃ、地獄だったでしょうけど」

千夏はそう言いながら、口紅が取れないように唇を避けて、スパゲティを口の中に運ぶ。

「まぁね。でも、美樹の世話が大変な分、悲しみだけに捉われる暇はなかったのかもしれない」

私は答えながらオムライスのグリーンピースだけを避ける。

どうしても、これだけは食べられないのだ、小さな頃から。子供の頃は許されなかったが、大人になってからは堂々と避けるようになった。夫もグリーンピースが嫌いだったので、私が料理にそれを使うこともなかったし、これからもないだろう。

「これからもっと大変になるかもね。第一、美樹ちゃんが幼稚園に通っている間とかはどうするの？　来年からでしょ、幼稚園。家に一人でずっといるなんて、孤独な気分に陥ったりしない？　もうあたしもたいがい仕事が忙しいから、あのときほど一緒にはいてあげられないしさ」

千夏の口から「幼稚園」という言葉を聞き、私は初めてそれに気付いた。

「そうだ、来年なんだ、あの子……」

「あんた、本気で忘れていたの？」

私がそれを忘れていたという事実に、私も千夏も同じくらいに驚き、動いていた手が二人ともすっかり止まった。もうあの子は三歳だ。そして、今年は四歳の誕生日を迎える。幼稚園の準備などすっかり忘れていた。いや、忘れていたというより、頭の片隅にもなかったのだ。

「どうしよう……」

私はすっかり落ち込み、ただグリーンピースを避けただけであるオムライスを口に運ぶ気力さえもなくなった。

「別に悩むことないじゃない。急がなくても大丈夫なんだし、いろいろと周りの人にこれから聞いていったらいいでしょ。まだ六月じゃない」

慰めるように言われても、私の心には響かない。他人との交流をあまり持たなくなってしまったせいで、こういう大切なことさえ簡単に忘れてしまっている自分に情けなくなる。とにかく姉にいろいろ教えてもらわなくてはいけない。これだから、「母親が娘一人抱えて生きていくなんて大変だ」と、周りから言われてしまうのだ。

「まぁ母親一人で娘を育てるんだもん。いろいろ大変なこともあるだろうけどね」

気軽な慰めとして言われたその言葉に、私は過剰なほど反応し、思わず、フォークを持っている千夏の手首を掴んでしまった。

「ねぇ、若い女が娘一人抱えて生きていくのって、そんなに大変なのかな」

私の真剣な目に、一瞬驚いた千夏だが、すぐにいつもの世の中のいろいろを見てきた女の表情に戻った。

「そりゃ大変でしょう。若い女も、年寄りの女も。夫婦でだって、子供を育てるのは大変よ。もしかして、周りから再婚の話とか出されたの？　子供には父親が必要だって」

私は、千夏がフォークを皿の縁に置くその手に視線を落とす。

「誰もそこまでは言っていないの。ただ、お義父さんもお義母さんも、いい人が見付かったときは真一さんに遠慮するなって。『若い女が子供を一人で抱えるのは大変だ』って。それだけ」

真剣に私の目を見つめ返してくる千夏の目線から逃れるように下を向く。

「いい人か……。あんたが恋愛に興味があるように思えないけどね。恋愛なんて降って湧くものじゃないのよ。したい者同士がするものなんだから。運命の出会いなんて、待っていた人間にしか訪れないしねぇ。あんたがその気ないなら、別にいいじゃない。美樹ちゃんのために再婚するなんて言うんなら、子供を自分の力で守ろうとする気持ちのない母親として蹴飛ばしてやるけど」

サラリとそう言うと、千夏は再びスパゲティを食べ始めた。

彼女はいろいろな人や家族を見てきている。多分、編集という職業を通して、個性的な人と係わり合いになる機会が多かったことも関係しているのだろう。

「千夏の知人には母子家庭の人、沢山いる?」

私は知り合いが極端に少なく、母子家庭の人はいないから、参考を見つけられない。ただでさえ、夫が亡くなってからはほとんど人との交流を絶っているのだ。情報源などない。

縋りつくような私の目線を真っすぐに見返し、千夏はゆっくりと大きな息を吐いた。

「沢山いるわ。一番多いのは、離婚家庭ね。でも、子供だけが欲しかった女が一人で逞しく育てているところもあるわ。普通の女よ。父親は必要じゃないって。まぁ、この場合は日本よりも海外に多いけどね」

一瞬、その強い女の人たちのお陰で安心しかけたが、考えてみると、私の場合は元が違う。私たちはもともと、典型的な普通の家庭だったのだ。夫がいて、妻がいる。そして夫婦が子供を育てる。つまり、私だけの意志で美樹は生まれたのではない。夫と私の意志で生まれたのだ。

再び落ち込みの表情に戻った私に慰めの言葉がかけられる。

「あまり考えなさんな。今は離婚家庭も当然のように受け入れられる時代。世間の言葉に惑わされなくてよろしい。あんたは自分のやりたい通りにやるのが一番なの」

確かにそうだ。誰に何と言われようと、私は私の人生を歩めばいい。後ろ指を指されているような気分になる必要はないし、私だけでも美樹を育てることは可能なのだから。

「あ、そうそう」と、思い出したように千夏は鞄から何か冊子みたいなものを取り出した。

「何、これ?」

広げられたパンフレットの文字を目で拾う。

「オルフェウスの会」と、丸々した文字で書いてある。

「別にあんたに入ることを勧めるつもりで持ってきたわけじゃないの。ただ、役に立つかもしれないから、参考のために持ってきたのよ」

オルフェウス……。

確か、亡くなった自分の妻を冥界から連れ戻すとき、振り向かずに戻れと言われたのだが振り返り、妻を永遠に失ってしまった神話の人物の名前ではなかっただろうか。神話に詳しいわけではないのでそれ以上は知らない。

「これね、大切な人を亡くした人たちが慰めあっている会のパンフレットよ」

私に読めるようにパンフレットの向きを変えながら千夏が言う。

「新興宗教の類?」

名前からそう連想させられ、尋ねると、千夏は呆れたように溜息をついた。

「違う。ただのサークルみたいなもの。亡き人を思っての悲しみって、同じような境遇にある人しか判らないでしょ? 健康な子供を持つ母親に、病気で子供を亡くしたばかりの人がお悔やみを言われたって、子供を失った側の気分は良いものになったりなんてしないじゃない。そういう人たちが電話番号を交換して、話し合って慰め合ったりするのよ。あんたも真一君が亡くなって、まだ二年でしょ？　美樹ちゃんが眠った後、一人でその悲しみに浸ってどうしようもない夜の時間があるのなら、役に立つかもしれないと思っただけよ。無理に勧めないけど、せっかく持ってきたんだから持って帰ってよ」

無理に勧めないと言ったくせに、そのパンフレットを押し付けるように渡されたので、そのまま自分のバッグにしまった。

結局は、その後たわいもない世間話に戻った。私は美樹の最近の出来事などを話し、千夏は現在イラストレーターをしている恋人との出来事や仕事の話をした。千夏は話しながらも器用にスパゲティを食べつくしたが、私は最後までグリーンピースを避けただけのオムライスに手を付けなかった。

千夏と別れ、実家に戻って美樹を引き取り、マンションに帰った頃は、すっかり夜だった。ほとんど一日中外にいたという事実が私を疲れさせ、気力も何もなくさせる。

「ねぇ、お母さん。もうすぐしたら、お祖母《ばあ》ちゃんの家の近くのプールが入れるようになるんだって」

マンションに着いたとき、美樹が嬉しそうに言ってきたのだが、美樹を連れてプールへ行くなど想像するだけで疲れる、と思った。

「そうね。また、入れるようになったら行こうか」

行こうかと言っておきながら、すでに頭の中では父か母に美樹をプールに連れていく役目を押し付けようと決めていた。あの二人なら、嬉々としてその役目を引き受けるだろう。

美樹を風呂に入れ、眠らせた後、帰ってきたときそのまま放りっぱなしにしていたバッグと上着を片付けようと拾い上げた。

そのとき、バッグから、スルリとパンフレットが飛び出してきた。「オルフェウスの会」のパンフレットだ。すっかり存在を忘れていた。

亡き人を思って同じ境遇の人たちが慰め合うだけの会なんて、私にとって役に立つのだろうか。確かに私は夫を亡くしてから、もともと付き合いなどは薄かったのもあるが、千夏を除いた友人と連絡を取ることがなくなった。近所付き合いもマンションという住居のお陰であまりしなくていい。お悔やみを言われるたびに重い気持ちになるので、あまり人と会いたくないのだ。

完全な鬱状態に陥り、立ち直れない症状になるということは、美樹のお陰でなかったが、教育テレビなどで子供や配偶者を犯罪者の手によって殺された人たちの特集などをやっていると、ついつい見てしまう。しかし、同情しながらも、自分とは少し違う境遇だと傍観していた。夫は殺されたわけじゃない。彼らと同じなのは、予期だにしていなかったことが大切な人に起こったという事実だけだ。

「どれだけ望んでも、帰ってこない人への思いを募らせて……」

私は「オルフェウスの会」の表紙に書いてあるものを、膝を抱えて座りながら小さな声に出して読んでみる。内容はつまり、千夏の言っていた通りのものだ。

この会に登録しておけば、事故で夫を亡くした子供のいる妻や、子供を亡くした夫婦、母親を亡くした子供と父親などの、同じ環境で誰かを亡くした人たちに紹介してもらえ、電話で慰め合う機会を作ってもらえるのだ。文通の仲介と同じようなものだろう。パンフレットの最終ページには、「オルフェウスの会」に参加している人の言葉があった。

「私は四十年間一緒にいた妻を癌で亡くし、落ち込みから回復できずにいました。私には二人の息子と娘がいて、皆すでに結婚し、自分たちの家族を構えていました。子供たちは私を慰めに、よく家まで孫を連れてきてくれるのですが、私の気分は晴れるどころかいじけた思いになり余計に落ち込みました。ほとんど家を出なくなってしまったのですが、偶然、ゴミを出しにいったとき、ある老婦人と立ち話をしました。その老婦人も子供を亡くし、それ以来立ち直れないでいたらしく、逆にその事実が私を安心させました。私たちは親しくなり、お互いの悲しみについてひたすら話しました。ただ、悲しみについて話すなんて意味のないことに思えたのですが、これは逆に私を安心させました……」と、ひたすら亡き人に対する悲しみの対処として、似た悲しみを持つ者と話し合う慰め方の良さがつらつらと書いてあった。

私は何も考えず、ダイヤルした。電話は異常なくらい早く繋がった。

「はい、『オルフェウスの会』、水澤でございます」

機械的だが丁寧で、綺麗な声の女性だ。私は何も言葉を用意していなかったことに少し慌てながら、たどたどしく、「パンフレットを見たのですけど」と告げた。

「ご登録でしょうか？」

「ハイ」

無意識に答えてしまったが、登録する気もしない気も、あるのかないのか判らなかった。

「では、恐れ入りますが、あなたのお名前とお年齢《とし》、お電話番号、お亡くなりになった方、現在の家族構成などを教えていただけますか？」

女性に言われ、詰まりながら一つひとつ答えていくと、それに対して丁寧な相槌が全部に返される。その丁寧さが私を余計に焦らせ、全てを言い終わった後、達成感の溜息をついた。

「判りました。登録されているメンバーの方のリストと照らし合わせ、後ほどご紹介させていただきます。あなたからおかけになりますか？　それとも、あなたのお電話番号をお教えして、相手の方からのお電話を待たれますか？」

少しの沈黙の後、女性が言った。

「相手の電話を待ちます」

自分からかけようとするほど、私はこの会に対して積極的な姿勢を持っているわけでもなかったので、そう返事した。通話が終わった後もしばらくはその受話器を持ったままだった。

　登録したことに意味もなければ、それに対しての必要性を自分で感じていたわけでもない。正直に言うなら、ただの衝動だ。だけど、後悔するほど大きなことをしてしまったわけでもないので、私はそのままパンフレットをテレビの横にある雑誌ラックに差し込み、タバコを吸うためにベランダへ出た。


「オルフェウスの会」に対して何も思っていなかったくせに、妙にソワソワと電話を待ってしまっていることに気付く。もう登録して三日経つが、何も連絡はない。私は初めからどうでもいいことだったのだから忘れようと心に決め、仏壇の花の水を替えた後、コーヒーを飲みながら、仕事である翻訳のための記事に目を通し始めた。これも全部、ありがたい友人である千夏が持ってきてくれるのだ。

　規則的に並ぶ英字は、集中しなければただの記号に見えてしまう。夫の死後、ふわふわとすぐに途切れてしまうようになった私の集中力は、この仕事のお陰で一点に絞ることを思い出した。もちろん、生活のためでもあるが、この仕事がなければ一日中、何もしっかりと考えることができなくなるだろう。

そのほかのとき、例えば料理をしているときや、美樹が散らかした玩具を片付けているとき、ふと記憶が蘇る。鮮明なほど。あのとき私が何をしていて、どういうふうに電話を取ったか。警察へ行くまでのタクシーの中。回らない舌で、どういうふうに自分の名を警察官に告げたのか。意識が二度と戻ることのない状態である夫と対峙した瞬間。

無理やり蓋をしたはずの記憶たちは、弾き出されるように溢れ返り、私の体の中を駆け巡る。感情や動きなどの全てを支配して、私の体から自由を奪ってしまう。目の前にある作業を忘れ、自分の立っている位置さえも判らないほどゆすぶられる。

思い出したくないのだ。そこにあるのは、悲しみではない。恐怖。経過したはずの記憶なのに、まだそのときの恐怖が現在の私も脅かす。私は何を恐れているのか、自分でも理解できない。

ふと、そういうものが再び体を支配しないように、私は目の前の仕事に集中する。集中しなければ、やり遂げることのできないものに手を付けることが必要だ。

「お母さん、ちょっと来て。ちょっと来て」

嬉しそうに玄関から入ってきた美樹が、私の腕を掴む。私の、英文に集まりかけていた神経は、美樹のせいで一気に解《ほど》ける。

「美樹。お外《そと》行っていたの？　お母さんに言わないで、勝手に行っちゃ駄目でしょ？」

仕事を中断されたことも含め、苛々した声で言う。私は美樹に視線を合わせるためにメガネを外して、ちょうど読んでいた列の上辺りに置く。

「言ったよ。お母さん、『うん』って言ったもん」

もしかすると、言ったかもしれない、とも思う。だが、昨日のことなのかさっきのことなのかも判らないので何も答えられなかった。同じようなことなんてしょっちゅうだし、毎日という感覚も、ほとんど薄れている。

「お母さん、それよりもちょっと来て」

無理やり立たせられて、腕を引っ張られた。若々しい小さな手に掴まれた自分の二の腕の弛んだ感触に、体が年を取ってきたことを痛感させられる。

私は自分の読んでいた場所に付箋だけ貼り、興奮している娘の後を追う。美樹はエレベーターが来るのを待ち切れないのか、階段を早足で下りる。タバコ慣れした中年にさしかかる女の体には少し辛い。

連れてこられた場所は、マンションの自転車置き場だ。このマンションはファミリー向けで、一軒家を買う余裕のない家族や、新婚の夫婦、寮として使用する会社員などが住んでいる。車を持っていない人のほうが多いので、十五台ほど車を置くスペースもあるが、その全てのスペースが埋まることはない。圧倒的に原付や自転車を使用している人が多く、いつ見ても駐輪場は満車だ。さび付いた汚い屋根の下に沢山の自転車が突っ込むように並べられている。その内の一つでも倒そうものなら、間違いなく全部の自転車が倒れてしまうだろう。

窮屈に置かれた自転車の隙間を辿って奥まで無理やり入り込み、美樹はそこから私に手招きする。三歳の娘ほど小さな体ではないので、自転車を避《よ》けながら進み、しゃがみ込んでいる美樹の横に屈む。

「何があるの？」

屈むとお尻に当たってしまう自転車から体を避けながら、美樹のほうを向いて聞いた。

「しーっ」

生意気に、すぼめた唇の前に人差し指を添えながら、髪の毛とスカートの裾が地面に付いていることも気にかけず、塀の隙間を指差す。私は指された場所をさらに屈み込んで覗いた。塀は年月のせいか、大きく欠けていた。

「何なの？」

私が声を潜めて聞くと、美樹も声を潜めて大発見の報告をする。

「猫の赤ちゃんがいるの。四匹も」

猫の赤ちゃんと聞き、好奇心をそそられた私は、さらに身を屈めて覗き込む。コンクリートの地面に落ちている枯葉や髪の毛などの汚さが気になり、手が下に付かないように気を付けながら屈んだ。すると、欠けたコンクリートの隙間から暗闇の中で光る二つの目玉がこちらをギロリと見た。よく見ると、ときどきマンション周辺で見かけていた、灰色のトラ猫だった。

そうか、こいつは雌だったのかと、どうでもいいことを思いながら、その隙間に目を凝らすと、子猫らしき小さなフワフワの白い毛玉のようなものが動いた。

「一匹見えたわ。白いの」

私が興奮して答えると、美樹は自慢げに、「四匹だよ、もっとよく見て」と言う。私は結局、地面に顔がくっ付きそうなくらい屈んで、さらに覗き込んだ。髪の毛が汚い埃や砂に塗れた駐輪場の床に付いた。

塀の隙間の中には、白猫のほか、白地のブチ猫とお母さんと同じトラ猫、そしてもう一匹白猫がいた。まだ目もしっかり開いていないくらい小さい猫だ。頼りなげに丸まっている。母猫は、まるで私に自分の子猫を自慢するかのように、愛しそうに目をつむりながらその子猫たちを舐めていた。毛のふわふわした感じのせいだろうか、それともその小さな存在のせいだろうか、見てると、胸がきゅんとするような感覚になってしまう。

子猫を触ろうと隙間の中に手を入れようとする美樹の小さな手を掴んで、私は言った。

「触っちゃ駄目。お母さん猫は子供を産んだばかりで気が立っているかもしれないんだから」

美樹は不満そうに手を引っ込めた。そして、私を押しのけて、再び覗き込む。二つに括った髪の毛の右側が、地面に付いた。スカートの右側も少し汚れている。きっと猫を発見したときに、この姿勢を何度も取ったのだろう。

「美樹、いい？　絶対に触っちゃ駄目よ。お母さん猫は人間の匂いが着いたら、自分の子供を食べちゃうんだから」

絶対に触りそうな気がするので、自分が子供のときに言われた、本当かどうか判らない親猫の行動を教えながら念を押す。

「じゃ、触らないから餌やっていい？」

それくらいなら構わないだろうからと、部屋に戻ることにした。

持っていってあげるから待っていろと言ったのに、部屋に戻る私の後ろを髪の毛を揺らしながらピョンピョンとついてきて、そのままじゃこを鷲掴みし、またウキウキと猫のところへ戻っていった。猫に対する興味はほとんど失せていた私は、美樹の小さな姿が階段を駆け下りるのを上から見届けた後、再び仕事に戻ることにした。


仕事がひと段落付き、メガネを外してベランダに出てタバコを吸う。いつの間にか、私は昼間でも美樹がいなければタバコを吸うようになった。本数も心なしか増えている気がする。

美樹はまだ戻ってこないが、多分、猫をずっと見ているのだろう。何度か、英文に集中している私の背後でじゃこを取りにきていた気配があった。あまり猫のために使われても困ると思い、私はタバコの火を消して台所に戻り、じゃこを美樹が届かない上の棚にしまった。そして再びベランダに出て、タバコに火を点ける。車の音が相変わらず聞こえるが、やはり夜の澄んだ空気の中で走る音とは全く違う。私を安心させるわけでも不安にさせるわけでもない、当たり障りのない日常的な音だ。

二本目のタバコを吸い終わり、仕事の後の散らかした机の上を片付けていると、美樹が戻ってきて台所を探り始めた。

「お母さん、おじゃこは？」

小さな手を差し出しながら美樹が問う。

「あまり人間の食べ物を食べると、猫の体には良くないのよ」

また根拠のないことを言いながら、無垢な子供を納得させる。ふと時計を見ると、もう十二時を過ぎていた。いつもなら「お昼は何」としつこくまとわりついてくる時間なのに、まだ猫が気になるのだろうか、全然言わない。ここ数日、部屋に閉じこもりがちだったので、少し日を浴びねばと外食を思い付く。

「美樹、ドーナツ食べにいこうか」

「うん」

誘うと、すぐにウサギの縫いぐるみを連れてきた。少し前まではパンダだったのだが、今は一番のお気に入りがウサギになっている。

多分、美樹の中での「京都のおばちゃん」のくれた縫いぐるみが、かなり大切なものとなったのだろう。私が電話をしているときでも替わりたがるくらいなのだから。

「駅前の『ミスタードーナツ』に行くわよ」

私はジーパンのまま、着替えもせずに財布をバッグに入れる。化粧はもともと、苦手なこともあり、いつの間にか全くしなくなってしまっているので、私の外出準備は二分程度で終わる。ひどいときは美樹のほうが、持っていく縫いぐるみを選ぶのに十分くらいかかったりするのだ。

「お母さん、猫、飼っちゃ駄目?」

美樹が唐突に、上目遣いで言い出した。子供のこの表情は、本当に可愛いと思う。しかし、それと猫を飼う許可を下すことは別だ。百円のお菓子を買ってやるのとはわけが違う。ここはペットを飼うことが許されているマンションなので、マンションは言い訳にはできない。どれだけ世話が大変といったところで、この子供は自分がするからと言って納得しないだろう。美樹の世話で精一杯の私に、猫のことにまで手が回るはずがない。

「シャークはどうするの？　食べられちゃうかもしれないでしょ？」

咄嗟に思い付いた言い訳だが、美樹は顔を曇らした。これは、説得力があったというわけだ。

シャークとは、夫が名付けた金魚の名前だ。美樹が生まれたばかりの夏に行ったお祭りの屋台で私が取ったのだ。私が真剣に金魚を取ろうとしているのを、横で美樹を抱きながら真剣に指図していた夫。彼は、すでに四回ほどチャレンジしたが駄目だったので、私の手に金魚の捕獲を委ねた。薄い紙で水の中を動き回る金魚をすくうのは簡単ではなかったが、私は夫ほど才能がないわけでもなかったらしく、二回目のチャレンジでやっと一匹取れた。

タプンタプンと手元で揺れる、金魚の入った袋を持ちながら、お祭りの帰り道、夫が言った。

「僕は小さい頃、大人になったら絶対に鮫を飼おうと思ってたんだ」

「一般家庭で飼うには大きすぎるでしょう？」

私は鮫の代わりにしては小さい赤色の魚を眺めながら聞いた。夫は嬉しそうに金魚の袋を私の目の前にかざしながら言った。

「だから、こいつの名前はシャークだ」

名前負けしている、と思いながらも、夫が美樹に「シャークだぞ、こいつの名前は」と嬉しそうに教えているのを見ているると何も言えなかった。

それから、私たちの間でも金魚という代名詞は一切使うことなく、シャークの餌、シャークの水、といったように「シャーク」と呼ぶのが定着してしまった。屋台の金魚すくいで取った金魚のくせに、早死にもせず、現在も靴箱の上にある水槽の中で元気に泳いでいる。美樹はシャークの名前の由来も意味も知らないだろうが、ずっと自分が生まれたときからいるその金魚の存在を、当然のように受け止めている。

美樹はシャークが食べられると聞くと、猫については何も言わなくなった。この子にとって、さっき見初めた猫よりも、シャークのほうが大切なペットなのだ。

鍵をかけて、エレベーターの前で待っている美樹のところへ行くと、同じ階に住む奥さんに出会った。ときどき、犬を連れているのを見かける、小太りの、五十代くらいの女性だ。大きな胸を揺らしながら、沢山入った買い物袋を提げて大変そうに歩いている。

「こんにちは」

「こんにちは」

ちょっとした挨拶だけで済むのでマンションは便利だ。しかし、その奥さんと美樹は少し仲良しらしい。美樹は人懐っこいので誰にでも声をかける。

「美樹ちゃん、金魚ちゃん、元気？」

「うん、元気」

多分、以前にシャークを自慢したのだろう。エレベーターが来たので、美樹に向かってバイバイと手を振っている奥さんに頭だけ下げる。

「あのおばちゃんのところ、ワンちゃんいるんだよ」

「知ってるわよ。小さな足の短い犬でしょ？」

答えながら、そういえば以前、犬を欲しがった時期があったのを思い出す。あのときはどうやって回避したのか私自身は覚えていないが、結構煩かった。

子供はむやみに他人の持っているものを欲しがる。特に生き物の場合は、簡単に与えられるものではないので困るのだ。

ゴチャゴチャと重なるように沢山の店が並ぶ商店街を通り抜け、私たちは駅前に向かう。美樹は朝から新しい発見のお陰で機嫌がいいのだろう。繋いでいる手をブンブンと振り回しながら、興味のあるほうに目移りしながら歩くので、引っ張られて痛かった。

マンションから歩いて十分くらいの場所に駅があり、駅の周辺では勝負をするかのようにファーストフードの店が並んでいる。私はハンバーガーが苦手なので、主に利用するのは「ミスタードーナツ」だ。

私が注文をしているのを待ち切れず、美樹は先に二階へ走っていった。どれだけ一階が空いていようと、必ず二階へ行くのだ、あの子は。

「お母さん、おそーい」

遅いと言いながらも足をブラブラとご機嫌のままだ。

美樹が決まって選ぶガラス張りの窓際の席は、私も嫌いではない。下を眺めていると、駅から出てくる人や入る人が絶えず見えて面白い。

オレンジジュースが載ったほうを美樹に向け、トレイを置く。小さく「いただきます」と二人で言った後、すぐに美樹はチョコレートのドーナツを取る。私はコーヒーを飲みながら窓の外を見た。

二階は大して高いわけではないので、人の顔などもよく見える。駅に出入りする人たちは、いろいろだ。学生であろう連れ立った女の子たちは、楽しそうに笑いながらお喋りをしている。手を繋いだカップルは、お互いしか目に見えていないようにうっとりと歩いているし、携帯電話で喋っているサラリーマンは苛々と怒っている。何もせず、ただ一人で歩いている人たちは皆、決まって無表情だ。

「お母さん、お外、面白い？」

はっとして前を見る。無意識の動きを子供に見られていたのかと思うと恥ずかしくなり、ごまかすようにコーヒーを飲んだ。

「ドーナツ、美味しい？」

話を切り替えるように私は美樹に問う。

「うん。チョコレートのが一番美味しい」

美樹の可愛らしい唇にはチョコレートが沢山付いているが、本人は気付いていていないのだろう。そのまま気にすることなく左手で黙々とドーナツを掴み、口の中に入れている。

この子は左利きだが、私はそれを矯正するつもりはない。姉は現在両利きだが、元は左利きだったそうだ。幼稚園のとき、先生に言われて両親が矯正したらしいが、当時とは時代が違うのだ。本人にとって自然な姿勢をとらせることに問題はない。美樹の口の周りに付いたチョコレートや、テーブルに落ちているドーナツの残骸を、ナプキンで拭った後、すぐに店を出た。

私たちは、来たときと同じように手を繋いでマンションへの道のりを歩いた。アーケードの色の着いたタイルの部分を踏むのに一生懸命な美樹は、私の腕を気付かずにグイグイといろいろな方向へ引っ張るので、いうことの聞かない犬を連れている気分になってしまう。

「お母さん、公園に行きたい」

商店街の隙間にある公園の近くで美樹が私のTシャツの裾を引っ張る。私が返事をするまでもなく美樹の足は公園へと向いていたので、そのままズルズル付いていった。できれば一人で家に帰りたかったのだが、マンションから少し離れている場所に三歳の娘を一人でいさせるのは不安すぎる。

「あ、みきちゃん!」

公園に入ろうとする私たちのほうに、ジャングルジムの上から、美樹と同じくらいの年齢の女の子と男の子が手を振った。どうも同じマンションの子らしい。マンションで見かけたことがあるし、美樹の口から二人のことはよく聞く。

「あつし君、りょうちゃん!」

振り解くように私の手から離れ、その子たちのほうへ行ってしまう娘の後ろ姿を見て、何となく笑ってしまう。

私が今の美樹くらいだった頃は、自分から友達を作ることはできなかった。いつも相手が私に話しかけ、そこから友情に発展させることしかできなかった。この子の社交性は、間違いなく母親似ではないなと感じた。夫が小さな頃、人見知りを一切しない子だったので逆に困ったと義母が言っていたのを思い出し、父親似かと納得する。

さっさとジャングルジムを登っていく美樹を眺めながら遅れて公園に入ると、奥のベンチに座っている純日本風の小さい目をした小柄な女性を見付けた。そして、同じような小さい目をしたあつし君とりょうちゃんが姉弟だと気付く。りょうちゃんは幼稚園の年長くらいで、あつし君は美樹と同じか、少し下くらいだろう。目が合ってしまった以上引き下がるわけにも行かない。私がベンチに近付くと、ニッコリ微笑みかけられた。

「こんにちは。みきちゃんのお母さん？」

「こんにちは。いつも美樹がお世話になってます」

あつし君とりょうちゃんのお母さんに直接お世話になっているのかは知らないが、名前を知っているくらいだ。おやつなどもらったり、お家《うち》にお邪魔したことがあるのかもしれない。

私は失礼にならないようにあつし君とりょうちゃんのお母さんを観察する。全てのパーツが小さめの顔には基本的な化粧が施され、着ているものも、子供がいる以上どうしてもスカートが履けない事情は同じだが、ヤングマダムの流行を押えたきちんとしたもので、ただのジーパンと何の特徴もないTシャツを着ているノーメイクの私とは全然違う。どこからどう見ても素敵な奥さんだ。奥さんは私の目を覗き込んで言った。

「羨ましいくらい大きくてハッキリした二重瞼ね。みきちゃんはお母さん似ね。本当に面白いくらいによく似てるわ」

それを言うのなら、あつし君とりょうちゃんもお母さん似だろう。ひと目で親子だと気付くくらい似ている。しかも、あの子たちはお母さんに輪をかけて和風の顔立ちだ。もしかすると、夫婦揃って和風の顔立ちなのかもしれない。

私の夫は一重瞼で細長い眼をしていたので、美樹の大きく開いた目は間違いなく私に似ている。肌の白さで言えば夫に似たので、本当に良いところ取りをした幸運な子だ。

奥さんは真剣に相手の目を見ながら話す人なのだろうが、私は目を見て喋るのが得意ではないので、不自然にならないようにそっと視線を避け、奥さんの耳に付いている小さな金色のピアス辺りに視線をずらす。

「でも、もし男だったら、間違いなく将来ハゲましたよ。私の父はハゲなので」

あまりよく知らない相手との間に広がる沈黙が嫌で私がそう切り出すと、奥さんは笑った。小刻みに体を震わせ、揺れる体に合わせて太陽の反射をピアスが受け、チカチカと光る。可愛らしい笑い方だ。笑うと目が消える。細い目の人特有の笑顔。夫も笑うと目が消えた。そして、私が同じ言葉を言ったとき、夫も目を消して笑った。

「馬鹿とハゲは遺伝しないって言うじゃない。旦那さんはどうなの？」

奥さんは私の夫については一切知らないのだろう。

「ハゲが遺伝するものなら、夫の家系は間違いなく大丈夫です。義父も白髪は多いですが、髪の毛はしっかりと生えています。でも、私の家系の男たちが先祖代々のハゲを継いでいるんですよ」

奥さんは再び笑った。

義父はハゲではないし、義父の父親も兄弟もハゲではなかったが、私の父は見事なハゲで、父の男兄弟は皆、同じハゲ方をしている。記憶の薄い祖父も全く同じハゲだった。私も含めた姉妹全員が、祖父と同じような頭になりつつある父や伯父たちを見て、自分が女で良かったと痛感したくらいだ。美樹も、もし男だったら、その強い遺伝子は受け継がれたであろう。

「面白い方ね。あまりマンションでは見かけなかったけど、同じマンションでしょ？いろいろみきちゃんからお母さんのお話を聞くけど、実際にお会いしたのは初めてね。何か、新鮮な気分だわ」

奥さんは小さな目を消さない程度に微笑んだ。上品な小さな口がわずかにほころぶ。私もあつし君やりょうちゃんの名前は聞いたことがあったが、三歳児の美樹の話す一日の出来事などほとんど前後が繋がらないものであり、そのまま適当に聞き流していたので詳しくは知らない。実際、あつし君とりょうちゃんが姉弟だということも、今初めて知った。

「美樹、お宅にお邪魔したりしてました？　だとしたら、申し訳ないです。私、全然知らなくて」

今度、あつし君とりょうちゃんも家に遊びにきてもらったほうがいいだろう。遊び相手の家ばかりお邪魔させていては、悪い気がする。

「いえいえ、そんな。みきちゃんが来ると賑やかで楽しくなるのよ。この間、家に来たとき、水槽を指しながら、熱帯魚の名前を聞かれて驚いたわ。みきちゃんの家の金魚さんには名前が付いているのね」

あの歩く放送局は、どこまで喋っているのだろうと頭が痛くなった。

「一匹しかいないんですよ。しかも金魚すくいですくった金魚。夫が小さな頃、鮫を買うのが夢だったらしく、『シャーク』って付けたんです。馬鹿馬鹿しいんですけど、名前が付くと、ついつい愛着も湧いてくるんですよね」

私が、あの玄関で泳いでいる赤い魚のことを思い浮かべながら喋ると、奥さんは柔らかい笑顔のまま相槌を打つ。

「素敵な旦那さん。みきちゃんの素直さや可愛い性格は、お父さんからも受け継がれているのね。羨ましい。私の主人なんて、家事は一切やらないし、仕事から帰ってきたら本当に眠るだけよ。子供の面倒は全部、私。たまに荷物を纏めて実家に帰りたくなるわ」

本気を込めた冗談の声で、奥さんはしかめっ面をする。

私の夫も家事を特別手伝ったりするわけではなかったが、私自身も手伝ってほしいわけではなかった。しかし、夫の場合は子供の面倒どころか、私が手を出すなという些細などうでもいいことまで美樹の世話を焼きたがった。

子供はもともと好きらしいが、やはり血の繋がった自分の子となると可愛さは並じゃないらしい。まだ顔立ちもはっきりとしない生まれて間もないときから、毎日、美樹の可愛さを賞賛していた。子供みたいにはしゃぎながらベビーカーを押したがる夫を、私は馬鹿にして笑いながらも押させてやった。

少し会話が途切れたとき、じゃんけんをしながらジャングルジムで独自の遊びをしている美樹たちを見ながら思い出したように奥さんが言う。

「みきちゃん、来年、幼稚園よね、うちの篤もそうだけど。みきちゃんだったら幼稚園でも大変ではなさそう。涼子のとき、大変だったのよ。私の手を離さず、泣き出すし。初めは皆そうらしいけど、慣れるまでは本当に大変よ」

また忘れていた。幼稚園。過去のことならスルリスルリと簡単に出てくるのに、これから先に役立てなければいけない肝心な、短い記憶は、簡単に抜けてしまうようになった。でも、ちょうど良かった。同じマンションに美樹と同じ年の子がいる。

「あの、今度、幼稚園についてとかいろいろ聞きたいんですけど、いいですか? 私、こういうの初めてで、全然知らないんです。あまり社交家でもない性格なんで、聞ける人がいなくて……」

私が消えそうな声で言うと、奥さんはホッとするような優しい笑顔をくれた。

「大丈夫よ。初めは何でも不安ですものね。一人、二人と増えていくうちにいろいろと変わってくるわ。私も涼子のとき、不安だった。自分が全部しなきゃいけないしね。主人は全部、私にまかせっきりだし。ああ、マンションの番号と電話番号、渡してお

料金受取人払

新宿局承認

2827

差出有効期間
平成18年11月
30日まで

（切手不要）

郵便はがき

1 6 0 - 8 7 9 1

8 4 3

東京都新宿区新宿1－10－1

（株） 文芸社

ご愛読者カード係 行

ふりがな お名前				明治 大正 昭和 平成 年生 歳
ふりがな ご住所	□□□-□□□□			性別 男・女
お電話 番 号	（書籍ご注文の際に必要です）	ご職業		
E-mail				
書 名				
お買上 書 店	都道 府県 市区 郡	書店名	書店	
		ご購入日	年 月 日	

本書をお買い求めになった動機は?

1. 書店店頭で見て　2. 知人にすすめられて　3. ホームページを見て

4. 広告、記事（新聞、雑誌、ポスター等）を見て（新聞、雑誌名　）

上の質問に 1. と答えられた方でご購入の決め手となったのは?

1. タイトル　2. 著者　3. 内容　4. カバーデザイン　5. 帯　6. その他（　）

ご購読雑誌（複数可）	ご購読新聞 新聞

文芸社の本をお買い求めいただき誠にありがとうございます。この愛読者カードは今後の小社出版の企画及びイベント等の資料として役立たせていただきます。

本書についてのご意見、ご感想をお聞かせください。 ①内容について
②カバー、タイトル、帯について
小社、及び小社刊行物に対するご意見、ご感想をお聞かせください。
最近読んでおもしろかった本やこれから読んでみたい本をお教えください。
今後、とりあげてほしいテーマや最近興味を持ったニュースをお教えください。
ご自分の研究成果やお考えを出版してみたいというお気持ちはありますか。 ある　　ない　　内容・テーマ（　　　　　　　　　　　　）
「ある」場合、小社から出版のご案内を希望されますか。 する　　しない

ご協力ありがとうございました。

※お寄せいただいたご意見、ご感想は新聞広告等で匿名にて使わせていただくことがあります。

〈ブックサービス株式会社のご案内〉

小社書籍の直接販売を料金着払いの宅急便サービス（ブックサービス）にて承っております。ご購入希望がございましたら下の欄に書名と冊数をお書きの上ご返送ください。

●送料⇒無料●お支払方法⇒①代金引換の場合のみ代引手数料¥210（税込）がかかります。②クレジットカードの場合、代引手数料も無料。但し、使用できるカードのご確認やカードNo.が必要になりますので、直接ブックサービス（☎0120-29-9625）へお申し込みください。

ご注文書名	冊数	ご注文書名	冊数

く。いつでも相談に乗るわよ」

鞄を探り、見付けたペンで、私が差し出したレシートの裏にさらさらと書いてくれる。「大槻奈々子」と綺麗な文字で書いた後、部屋の番号と電話番号、丁寧に携帯電話の番号まで付け足してくれた。その後、大槻さんと子供たちの話などをしていると、暗くなってきたのでマンションに帰ることになった。子供たちはどろんこ遊びをしていたらしく、かなり汚くなっていたが、私は大槻さんのお陰で気分が少し軽くなっていたので家に帰って服の泥を落とさなければならないことなどはどうでもいいことだと思えた。


大槻さんからもらったメモを、冷蔵庫にマグネットで止めていると、電話が鳴った。

「ハイ、藤沢です」

以前は用心のために名乗ることはしなかったのだが、ゴタゴタしていたときなどは名乗ったほうが、応答がスムーズに行くことに気付き、名乗るように癖を付けた。

「こんばんは。あの、実は、『オルフェウスの会』であなたの番号を教えていただいた者なんですけど……」

　自信なげに相手を探るような喋り方だったので、私は何の電話か判らなかった。

「ハイ？」

「ご主人を亡くされた方ですよね？　私、上岡と申します。私も四年前、主人を亡くしました。新聞の端っこにあった『オルフェウスの会』を知って、最近なんですけど、登録したばかりなんです」

　ああ、と思い出し、何のことなのか理解した。もう三日で待つことを諦め、忘れかけていた「オルフェウスの会」の人からだ。

「私は友人からパンフレットをもらい、この間登録しました。すみません、初めてなんです、『オルフェウスの会』の方とお話するの」

「私も初めてです。ホント、三日前に登録したばかりなんですから。『オルフェウス』の受付の方に藤沢さんのお電話番号を教えていただいたのは、昨日です。何となく勇気が出なくて……あっ！」

　受話器越しに、上岡さんの驚きが鈍く伝わる。

「どうかされました？」

「いえ、ゴメンなさい。ゴキブリが這っていて……。もうすっかり掃除機をかける気力もなくなってしまって、『クイックルワイパー』で埃を掃くことしか掃除はしていないんですよ。それをずっと続けてるんです。駄目ですよね、私。子供もいるのに」

「クイックルワイパー」は私も夫が死んでからはずっと愛用している。ゴキブリもよく出る。しかし、私の場合は驚きもせず、見付けた瞬間に新聞などで叩き潰す。母がいつもそうするのを見てきていたので、私もゴキブリに対してそういう態度を取ることができるのだ。

「私も掃除機は一切かけていないです。掃除機自身、掃除してやらないといけないくらい埃が積もっていますよ。お子さんはおいくつになられるんですか?」

「四歳です。この子が生まれてすぐ、主人は亡くなりました」

「そうですか。私の場合は、娘が生まれてちょうど一年後です。ご主人はお子さんと時間を過ごされています?」

聞いたら相手は泣き出してしまうかもしれない質問だとは思ったが、知りたかった。

「はい。仕事から帰ると、いつも嬉しそうに、眠っている息子を眺めてました」

安心した。私も、もし夫が美樹の生まれる前に死んでいたとしたら、美樹と過ごす時間を持つこともなしに、あの子の存在自体が宝物だという感情を知らないまま死んでいたとしたら、運命を呪っていただろう。

「息子を私が愛《いと》しいと感じるたびに、夫に同情してしまうんです。可愛そうに。あともう少しだけでも過ごさせてやりたかったって。こんな愛しい者を少ししか見ることができなかったって」

もしかすると、上岡さんは泣いているのかもしれない。もともと小さな声で話す人みたいだが、声が消えそうだ。受話器を通して私にも悲しみが伝染する。

「私もそうです。欲を言えば、もっともっと過ごさせてやりたかったって。大人になる姿も見せてやりたかったです。成人式の着物姿や花嫁姿も。でも、過ぎたことですし、どれだけ私が望もうと、それは変えられないですけど」

上岡さんは本格的に泣き出してしまった。嗚咽が、ハッキリと受話器越しに聞こえる。

「ゴメンなさい。こんなこと誰とも話せなくて。話すと同情の目で見られて、ただ、悲しくなるんです」

その気持ちは理解できた。感情の共有なんてありえないからだ。私の義父母は自分の息子を失い、義姉は弟を失った。だけど、悲しみの共有はできないのだ。私が息子を失った親の気持ちを知らないように、弟を失った姉の気持ちを知らないように、彼らは夫を失った妻の気持ちは知らない。ようやく、千夏が「オルフェウスの会」のパンフレットを私のために持ってきてくれた意味をはっきりと理解できた。

「私も同じです。いつも周りは私に同情します。でも、私は自分でいっぱいいっぱいで、同情をうっとうしく思うときがあります」

私が言うと、上岡さんも「私も同じです」と嗚咽しながら言う。

「同じ痛みという言葉って、本当に同じ傷の付き方をした者同士にしか判らないですよね。ぶつかって痛い思いをした者に、転んで痛い思いをした者の痛み方は判らないですから。どちらが痛いとかは重要じゃないんですよ。ただ、その痛み方が全然、違うんです」

上岡さんは、ご主人を亡くして一人で暮らす日々が私より二年も多い。それだけでも十分に違ってくるだろう。でも、私たちの痛みはある程度共有できる。それを判り合える傷の付き方なのだ。私たちは、約一時間半もお互いの日々について話し合い、夫や子供の話をした。私は一時間半もの間に、何度も泣いた。上岡さんも何度も泣いていた。電話を切る直前に上岡さんは言った。

「主人が残したものが全部宝物です。その中で一番はやっぱり息子ですけど。そればかり抱きしめて生きようとするのは駄目だって母からも言われますけど、でも、私の場合、そうなんです。主人以上に愛せる人はいないですし、見付かるとも思いません」

上岡さんは恋愛結婚らしい。彼女は何度もご主人への今も焦がれる強い愛を語っていた。私の場合、恋は関係ない。見合い結婚であり、この人としか一生のパートナーとして生きていくことができないと思ったわけでもない。私が恋をしていたのは家族。でも、そこに夫がいたからこそ生まれた家族であり、私は夫の存在を愛した。真一さんという人が入ったからこそ私たちの家族があり、美樹がいる。真一さんでなければ、私たちの家族は違ったものであっただろうし、美樹もまた違っただろう。私が愛したのは、真一さんが存在し、美樹が存在した家族だ。

美樹の汚れたワンピースを浸け洗いし、千夏に仕事の訳《やく》ができたと電話を入れた後、ベランダに出てタバコを吸った。苦い煙が喉に絡まり、咽《むせ》た。涙を流しながら咳をし、何本も吸っていると、ふと猫を思い出した。美樹が見付けた子猫たち。私は美樹の背が届かない上の棚から再びじゃこを持つと、パジャマのままエレベーターで駐輪場へ降りた。
夜は昼間とは全然違った風景に見える。普段は小汚いだけの駐輪場だが、夜の闇がさしかかって微妙な色に姿を変えたそこは、そこはかとなく不気味だ。私は正体不明の気味悪さに背中を緊張させながら、自転車を少し避けて、朝、美樹に教えてもらった壁の隙間を覗き込む。しかし暗闇の中から光る目は発見できず、残念に思いながらもせっかく持ってきたのだからと、じゃこを穴の中に入れて自分の部屋へ戻り、さっさと眠った。

朝目が覚めたとき足の間にある感触と下腹部に響く鈍い痛みで、寝ている間に自分の体に起こったことを悟る。シーツに着いた血を予想しながら掛け布団を捲ったが、シーツは無事だったので安心した。しかし、パジャマと下着は乾いて変色した血が生々しく広がっていた。それらを美樹が起きるまでに落とし、昨日の美樹が汚した洋服と一緒に干していると電話が鳴った。まだ朝なのに、誰だ、と毒づきながら取ると、姉だった。

「何か用なの?」

生理による苛々と、まだ手に残る水の冷たく気持ちの悪い感触が私の声を不機嫌にした。

「朝から悪いわね、電話なんかして。起こしたかしら?」

嫌味を言っているような口調だ。姉は私と違って、朝六時前には起きて、ご主人と子供たちの弁当を作り、朝ごはんを作り、そして七時半までには洗濯や掃除など全ての用事を済ませてしまう。七時半とは、美樹が起き出す時間だ。私は八時に目覚め、やっとパジャマのままで朝ごはんを作り出す。

「あんたもね、そろそろその生活を止めないと駄目よ。そりゃ、悲しみが深いのも判るし、立ち直れなんて言うのも難しいと思うけど、美樹ちゃんがいるでしょ? あんたは一児のお母さんなのよ? もっとしっかりしないと。いつまでも惰性を続けて行くわけにはいかないんだから」

「わざわざ朝からありがとうございます。肝に銘じます」

生理のせいでいつもと違う時間に起き、洗濯をし、朝から姉のありがたいお説教まで聴かなければならないとなると、ただの苛々が怒りへと変色し始める。

「その生活態度は性格を直さない限りは無理かもね。私は心配して言ってあげてるのよ」

余計なお世話だ。自分の家庭のことだけを考えていればいいのだ。姉は昔から「アンタのために言ってやってるのよ」と口癖のように言い続けてきたが、それらが本当に私のためだということではない。単に、威張りたいだけだ。昔から姉と仲の良い妹は、姉を尊敬し、いつも頼りにしているが、私は違う。偉ぶっていて何でも知っているかのように話す姉を頼もしいとも、甘えん坊で何でも頼ってくる妹を可愛いとも思わない。

「わざわざモーニングコールなんてくれなくても目は覚めるわ。性格についてのご指摘も、今さら受けなくとも知っています。本当にそれだけが用なら、切るわよ」

「もう、本当にアンタってば性格悪いんだから。あんたみたいな人間が、一人で娘を立派に育て上げるなんて無理だわ」

今度は、もう何も返事せずに切った。しかし、五秒も待たない内に再びかかってきた。私は黙ったまま受話器を取った。

「笑美、ゴメン。言い方が悪かったわ。それよりも、今日、用事ある？」

言い方が悪い、ということは、結局は同じことを思っているということではないか。しかし、私は反論せずに、別に、とだけ答えた。

「ああ、よかった。大事な話があるのよ。美樹ちゃんをお母さんたちのところに預けて、ちょっと出てこれない？」

姉の妙に優しげな声が気味悪い。

「大事な話って？」

「後で言うから、お願い。今は何も聞かないで、黙って来て」

いつもの姉には似合わず、私にお願いなどをしてきた。姉が私を頼るなんてありえない。もしかすると、本当に真剣な相談か何かかもしれない。

「判ったわ。何時？」

姉は時間を告げ、電話を切った。もしかすると、義兄が浮気をしているとかだろうか。ありえないようで、ありえそうだ。あの情けない、とまで言ったら失礼だが、姉に完全に尻に敷かれている気弱な義兄の顔を思い浮かべる。姉は結婚前付き合っているときも、毎日のように優しくて良い人だと繰り返していたが、私からすると、姉の言うことを全部聞いてくれる人にしか見えなかった。姉夫婦は、姉が主導権を握り、それで動いている。それで上手《うま》くいくのだから、それでいいと思う。夫婦の形なんて他人が口を出すべき問題ではない。

私はすぐに、また猫を見にいっている美樹を呼びにいき、お祖母ちゃんのところへ行くから用意して、と告げた。美樹はパンダの縫いぐるみとウサギの縫いぐるみのどちらを持っていくかさんざん悩んだ挙句、結局パンダにした。

私が予想していた内容とは違うみたいだと、私を迎え入れる姉の表情を見た瞬間に悟り、少しがっかりした。姉の家には義兄もいて、姉自身も悩みを相談するような顔ではなく、むしろご機嫌に近い顔だ。

「昨日、土曜日だったでしょう？　主人の会社の人が泊まっていたのよ」

姉は綺麗に片付けられたテーブルにコーヒーを置いた。お客様用に揃えられた綺麗なコーヒーセットで、わざわざソーサーに載せてある。喫茶店以外で、インスタントであろうと、湯を沸かしてきちんと入れられたコーヒーを飲むのは久しぶりだ。

妙な感じでそれを飲んでいると、黙ったままコーヒーを飲む私を見つめていた姉が口を開く。

「それでね、その主人の会社の人って、高橋さんっていう人なんだけど、高橋さんも三年前に奥さん亡くした人なの。七歳になる娘さん抱えて、大変らしいのよ」

ふーん、と相槌を打つ。姉は私の境遇と似た人がいることで同情し、私を励まそうとでも思ったのだろうか。何となく、姉の猫なで声がそうは思わせないが。

「若くして配偶者を亡くした人なんて意外と身近にいるものね」

砂糖をコーヒーに入れながら姉は呟く。一体、大切な話とは何なのだろうか。生理のせいもあって、要領を得ない姉の口調に苛々してしまう。

「ああ、こんにちは」

義兄と、高橋さんという義兄の同僚が居間に入ってきた。相変わらず義兄は気の弱そうな顔をしている。着替えなど持ってこなかっただろう高橋さんはスーツ姿で、義兄は家庭着だ。その差がよけいに義兄を頼りなげに見せる。

「あ、高橋さん。この子。私の妹の笑美」

姉が慣れ親しんだ感じで、高橋さんを呼び寄せる。高橋さんは頭を軽く下げながら私に挨拶する。私も頭を軽く下げながら挨拶する。

「初めまして、高橋です」

「初めまして、藤沢です」

馬鹿みたいに堅苦しい挨拶をしながら、高橋さんは勧められた私の向かい側のソファーに座る。姉が高橋さんのコーヒーを入れに台所へ戻った。

「藤沢さんはご主人を二年前事故で亡くされたとお姉さんから聞きました」

同情を込めた、同族の声で高橋さんが言う。エリートそうな顔つきだ。メガネが真面目さを引き立てている。

「高橋さんは三年前、亡くされたそうですね」

私も初対面の相手との沈黙が嫌で聞き返した。

「ハイ。白血病で、妻に先立たれました」

そうですか、とだけ私は答えた。こんな話を、姉夫婦の前であまりしたくない。すでに義兄は同情を込めた目で私たちの話を聞いている。

こういう目だ。優しさから来るものなのだろうが、すごくうっとうしくなってしまうときがある。そして、そんな自分の心の狭さに嫌気がさす。

「高橋さんにも娘さんがいらっしゃるのよ」

高橋さんのコーヒーを運んできた姉が、会話に割り込む。

「七歳になる娘が一人います。小学校一年生で、ちょうど、生意気を言い出した頃なんですよ」

困ったように、愛しそうに、娘さんのことを話し出した。私も姉も相槌を打ちながら、自分の子供の体験談も付け加えたりする。次第に、私と高橋さんは境遇が同じなだけあって、打ち解け始めた。

「本当に娘っていいですよね、可愛くて堪らなくなります」

私は上機嫌でそう言った。あのお喋りの娘は、たまに二人きりでいると、煩い存在に感じるときもあるが、一緒にいると心の底から安らげるし、幸せを感じる。

「僕もそう思います。ただ、母親がいないということで、不憫な思いをさせてますよ。あんな幼い娘が突然母親を失ったんですから。やっぱり、娘には母親は必要だって毎日のように思わされますよ」

美樹は父親のことを覚えていない。物心が付く前どころか、あのお喋りな口が動き出す前に、あの子の父親は逝ったのだから。しかし、高橋さんの娘さんは、四歳のときに母親を亡くしているのだから母親の記憶は濃くあるだろう。

「大変ですね、男手ひとつで娘さんを一人育てるなんて」

私は本心から言った。男と女では社会的役割も、捉え方も違う。片親だけで子供を育てるのはどちらも大変に違いないが、やはり、会社員である高橋さんにとったら大変だろう。私としては、金銭の問題以外で父親の必要性を特に感じていないが。

「ハイ。初めは私自身も落ち込みが酷くて、何も考えられなかったのですが、最近はやっと再婚のことを考え始めるようになりました。やはり娘に母親は必要ですから」

多分、高橋さん自身にも奥さんが必要なのだろう。カッターの襟元はほのかな汚れが染み付いたままだ。私が化粧をしないのも、着る服に気をかけないのも、特に問題などにはならない。しかし、社会に出て勤めている人にとって、見かけはとても重要なものだ。

「よい考えですね。でも、難しいでしょう」

私がそう言うと、高橋さんはまだ口を付けていないコーヒーをかき混ぜながら溜息をつく。

「そうなんですよ。離婚という別れで私が独身になっていたのなら、見合いでも簡単に見付かるんですけどね。どうしても、死別の場合は、相手が一歩退いてしまうんですよ。同情をしてしまうらしいんですよね」

そうだろうと思う。死別と離婚は全然違う。離婚はお互いの理性があって別れるものだが、死別は運命的なものだ。本人たちの意思などで別れたものではないし、残されたほうの思いをどこにやればいいのかも判らない。

「いい人が見付かるわ、きっと」

姉が根拠のない慰めを言い、高橋さんは気の抜けた礼を呟いた。

「妻は私が一人で生きていけないのをよく知っていて、死に際に言いました。『絶対一人ぼっちになんてならないで』と。『いい人を見付けて、幸せになって』と」

少し涙ぐみながら高橋さんは言う。きっと、そのときのことを思い出しているのだろう。配偶者を持つことがイコール幸せとなるわけではない。でも、一人で生きていけないタイプの人間にとって、一人でいることは不幸に繋がるだろう。

高橋さんは見た目もいいし、義兄と同じ会社なら月給も悪くないだろう。しかし、彼自身から滲み出ている憂鬱な雰囲気は、それらの良い部分に覆い被さっている。これでは、どれだけ見合いを繰り返そうと上手くいきそうに思えない。そして、高橋さん自身もそれに気付いている。

高橋さんの憂鬱が移ってしまったのか、何となく、気持ちが重たくなった。

私は結局、高橋さんが帰った後一時間ほど姉とたわいのない話をして、美樹を連れに実家へ行った。しかし、美樹は父と二人で散歩に行っているらしく、家にいなかった。留守番をしている母が言った。

「お父さん、張り切っちゃって。インスタントカメラ持って出ていったわよ。美樹ちゃんを沢山撮りたいみたい」

確かに三歳という年齢は、無条件に皆可愛い。しかし、親の贔屓目もあるのかもしれないが、姉の子供たちよりも可愛い顔をしているのだ、美樹は。お祖父《じい》ちゃんとしては見せて歩きたい存在だろうし、写真も沢山欲しいだろう。

「あれ、笑美姉ちゃん、来てたの？」

妹が二階から降りてきて、母と一緒に座っている私を見付けた。遊びにでも行くような格好に見えるが、服の販売員である妹は、これから出勤なのだ。

「変な格好ね。そんなに洋服重ねて着て、暑苦しくない？　しかも、スカートの下にズボン履くのって意味あるの？」

ときどき、こんな格好の若者を見るが、やはり身内がしていると、何か言わずにはいられない。

「年寄りくさいこと言わないでよ。それよりも、美樹ちゃんはまだ帰ってこないの？」

妹も、可愛い姪の顔を、出勤前に見ておきたかったのだろう。

「残念ね。まだお父さんが独り占め中よ。さっさと行きなさい。遅れるわよ」

母がそう言うと、「ハーイ」と言いながら妹は出ていった。去った後も、甘い香水の香りが漂っていた。

「あの子、いつもあんな格好してるの？」

私が聞くと、母は首を振る。

「家にいるときはもう少し普通よ。デートのときは、全然違う感じの服を着てるわ」

「デートか。あの子二十六よね」

私と姉は二つ違いで、妹と私は四つ違う。姉と妹は六つ違う分、姉は妹を可愛がる。

「時代が違うのよ。この間も彼氏と沖縄に行ってきてたわ。結婚を考えている相手でもないらしいんだけど、今の子ってそういうのが普通みたいね」

「今の子」と他人事のように母は言った。

「喜美もいずれは結婚するつもりでいるんでしょう?」

「今の相手ではないことだけは確か。結婚向きの人じゃないっていつも言っているわ。でも、好きなんですって」

溜息をつきながら、母は父と美樹が散らかしたのであろう何冊もの絵本をひとまとめにして、机の端に置く。

「私も姉さんも、二十六のときは結婚してたしね」

姉は恋愛結婚で、社会人になってから付き合い始めた人と結婚し、私は二十四歳のとき見合いをして結婚した。

「もうすぐお父さんたち、帰ってくるんじゃない?」

と母が時計を見ながら言ったとき、玄関が開く音がした。

「ただいまー。あ、お母さん」

日に焼けて赤い顔をした美樹が、パンダの縫いぐるみ片手に私に飛びついてくる。

「お外、楽しかった?　どこ行っていたの?」

数時間ぶりにあっただけなのに、妙なほど美樹を懐かしく思う。もしかすると、高橋さんと子供の話をしていたせいかもしれない。

「公園とかそこら辺をウロウロとしてたんだよ。それにしても美樹ちゃんは元気だ。お祖父ちゃんすっかりくたびれたよ」

帽子を脱ぎ、ハゲ頭を晒しながら父は言い、インスタントカメラを机に置く。

「お写真ね、いっぱい撮ってもらったの。知らない人にお願いして、おじいちゃんと二人で写ったのもあるよ」

インスタントカメラは二十四枚撮りのもので、手に取り眺めてみると、フィルムは全て使われていた。たかが公園で、美樹をどれだけ撮ったのだろう。

「母さん、後で現像に出してくれ」

「ハイハイ。早く見たいのね。困ったものだわ、おじいちゃんにも」

母は笑いながらカメラを手に取り、いつも持ち歩いている黒のバッグの中にしまう。

「笑美のところも沢山、美樹ちゃんの写真あるんでしょ?」

母は父の祖父馬鹿ぶりが可笑《おか》しくて堪らなさそうな顔のまま、私のほうを向く。

「ああ、真一さんが撮ったのならあるわよ」

私は美樹の写真を撮ったことがないのかもしれない。彼が一人であまりにも沢山撮るものだから、私には撮る必要がないと思っていた。夫が亡くなった後は、カメラの存在を考えることすらしていなかった。

「そういえば、彼はカメラが趣味だったのよね……」

私は誰に聞かすでもなく、独り言のように呟く。

夫は結婚前からカメラが趣味だったみたいで、一眼レフをよく持ち歩いていた。ずっしりと大きな中古カメラは、学生時代のアルバイト代で買ったものらしいのだが、今でも使えるので新しいのを買うことは考えていないと言っていた。そしてそのカメラで、私やいろいろな物も撮っていた。美樹が生まれてからは、美樹以外は写していないのかもしれない。一瞬一瞬がもったいないと、毎日のように撮っていた。あんな毎日のように持ち歩いていたカメラだが、どこにしまったのだろう……と、悩み出した私を見て、母は言う。

「今探すことないわ。そのうち、ゆっくりと片付けていけばいいんだから。落ち着くまで触ることないわよ」

夫の所持品を触り、また寂しい思いをし始めるかもしれないと心配したのだろう。しかし、一度気になったものはどうしても放っておけない。美樹の写真も見付けておきたいし、私は家に帰ったらカメラを探そう、と決めた。

私は家に帰って食事と風呂を済ませ、美樹を布団にいれた後、すぐにカメラ探しを始めた。探していて見付かるのかどうかも判らないが、見付けないと気分的に落ち着かない。

夫のものには、二年間、一度も手を付けていない。服も生前のまま、ひとつの大きいタンスの中に、私の洋服と、引き出しを分けてしまわれている。押入れなどを探ると同時に、そろそろ本気で片付け始めないといけないなと感じさせられるほど、そこがただの物置になってしまっていることに気付く。降ってくる埃に咳をしながらタンスの上にある段ボール箱を取ろうとしていると、美樹が立っていた。

「お母さん、何か探してるの?」

布団に入れたのだが、美樹が眠るまでは待たず、私はカメラ探しを始めたので、物音が気になって起きてきたのだろう。

「いいから。もう寝ないと駄目でしょ?」

少し苛々した声で言う。

「電話。由美伯母ちゃんがお母さんに替わってって」

電話にさえ気付かないほどカメラ探しに集中していたみたいだ。美樹は電話をすぐに取りたがるが、応対などほとんどできないので取らせないようにしていたのだが。私はカメラ探しをいったん中断し、美樹を布団に戻した後、電話を取る。

「待たせたわね」

「美樹ちゃん、立派に電話出られるじゃない」

姉が感心したように言う。

「姉さんだから大丈夫だっただけで、知らない人からなら滅茶苦茶よ。それよりも何か用なの？」

用がなければ電話をしたらいけないというものでもないのだが、私は早くカメラ探しを再開したかった。

「用って別にないけど……。それよりも、主人の同僚の高橋さん、いい人でしょ。仕事もできる人だし、顔も結構いいし、まだ三十七歳よ」

私は、何故、姉がそこまで高橋さんを褒め称えるのか判らないが、そうね、とだけ言った。

「あんたも、ずっと一人でいるわけにはいかないでしょ。美樹ちゃんにはお父さんが必要よ」

そう続けた姉の言葉で、彼女が何を言いたいのかがすぐ判った。

「悪いけど、私は再婚なんて考えていないわ」

これ以上その話を続けて欲しくなかったのできっぱりと言った。

「誰も結婚しろとなんて言っていないでしょ？　ただ、そういうことを踏まえながら、お友達になったらいいじゃない？　二年も経つのよ、もう。そろそろ、前向きにいろいろと始めなきゃ駄目よ。同じ傷を持つ者同士が傷を舐め合いながら生きるのも、悪くないわ」

今ようやく判った。姉は初めからそのつもりで高橋さんを紹介したのだろう。

「だから、何？　前向きイコール再婚？」

「怒らないで聞いて。あなたのためを思って言ってるのよ？　いつまでも亡き人を思っていたって、仕方ないのよ。あんたには美樹ちゃんがいて、あの子を立派に育てないといけない。お義父さんだって言ってたでしょ？　『母親が娘を一人抱えて生きるのは大変だ』って。『いい人がいたら真一さんに遠慮はしなくていい』って。あんたは真一さんに操を立てているのかもしれないけど、彼だってきっとあんたが幸せになることを望んでいるわ」

今まで生きてきて、これほど姉のお節介を迷惑に感じたことはなかった。私はもう怒鳴り声に近いものを上げていた。

「結婚が全て幸せだなんて、今どき高校生でも考えていないわ。それに私は美樹を一人で育てられます。他人さんに口出しされたくないわ。いいから、私の家族のことは放っておいて！」

受話器を叩きつけるように電話を切り、二度目がかかってこないように受話器をずらした。

私は泣いていた。悔しかった。何故、こんなふうに言われないといけないのかと、全てが嫌になった。夫が私に再婚することを望んでいようと、いまいと、どっちでもいい。私は自分の意思で、一人で、美樹を育てようと決意しているし、それに変わりはない。夫に対する操云々にも関係ない。

私は憑かれたように、フラフラと眠っている美樹のところへ行った。美樹の顔が見たかった。起こさないようにそっと襖を開けると、廊下の電気が、ゆっくりと開けた分だけ真っ暗な部屋に入り込む。

　美樹はすでに眠っていた。眠っているその顔を眺める。布団から出ている、小さな頭。いつもピンク色の柔らかいほっぺたも、閉じられた目も、ぷっくりの唇も、子供特有の細くてサラサラの髪の毛も、全てが可愛いこの子。この子の母親としていられることをありがたいと思う。この子が私の子供だということに、何よりもの感謝の言葉を、いるのかいないのか判らない神にでも贈りたくなる。私は声を殺して美樹の隣に蹲《うずくま》り、泣いた。そして、隣の部屋も居間も電気が点けっ放しなことさえ忘れて、そのまま眠ってしまっていた。


　次の日の朝、原稿を取りにきた千夏が、腫れた私の目を見て驚いた。そして、散らかった部屋を見て、もっと驚いた。

「あんた、真一君の遺物をいじっていて、思い出しでもしていたわけ？　馬鹿ねぇ、まだ急いでそんなことやらなくたっていいじゃない」

　馬鹿にしたように言うのだが、言葉の中に慰めが込められているのを知っている。

「違うわよ。姉と大喧嘩したの」

千夏は「ふーん」と興味なさそうに言いながら、きょろきょろと散らかった部屋を見回し、床に腰を下ろした。

「それで、美しい姫様は？」

この「美しい姫様」というのには、意味がある。美樹の名前を付けるとき、夫は「みき」に「美姫」という文字を当てたがったのだ。私は大反対で、多分このときが平和を好む私たち夫婦の最初で最後の喧嘩だった。夫も拗ねながらも断固として意見を譲らず、不機嫌な空気が赤ん坊の「みき」の前で充満していたとき、遊びにきた千夏が夫に言ったのだ。

「そりゃ、素敵な名前だけどさ、真一君。女の世界はシビアなのよ。こんな可愛い顔で、しかも美しい姫って意味を持った名前を付けられたら、ひがみにも遭うし、もしかすると嫉妬から妙な苛められ方するかもしれないのよ」

可愛い顔も何も、生まれたばかりの赤ん坊の顔などはハッキリしないものだ。しかし夫はそれを聞いて、すぐに「みき」を「美しい樹」にした。樹もいいじゃないか、詩的で、と。私と千夏は共犯者のような視線をお互いに送り、結局、美しいという文字は付けるのねと、こっそり笑い合ったのだ。そして、千夏はときどき美樹のことを「美しい姫」と呼び、そう呼ばれると、夫は本当に嬉しそうな顔をしていた。彼女は今でもときどきそう呼ぶが、私は夫のように素直に表情に出すことができず、嬉しさを押し込めながら適当に受け流すことしかできない。

「あの子は今、猫見にいってる。駐輪場で子猫を見付けたのよ。それから毎日、じゃこを持って見にいくのが習慣になってる」

千夏は小さく笑いながら立ち上がり、冷蔵庫を開けてコーヒーのペットボトルを取り出す。

「もらうわよ。あんたは？」

「いらない」

あ、そう、と言いながらスーツのジャケットを脱ぎ、皺にならないようにハンガーに吊るす。黒のスラックスとキャミソール姿で胡坐をかき、コーヒーを飲む姿は若々しい。まだ見られることを意識している肌も綺麗だし、一週間に一度はエステとジムに行っているくらい、容姿に気を使っている。

「何見てるの？　あたしの体に惚れた？」

私の視線に気付いた千夏が、キャミソールの肩紐をわざと艶《なまめ》かしくずらして冗談じみた流し目を送る。

「うっとりするほど惚れるわ。私には縁のない美しさね」

「あら、疲れた未亡人っていいじゃない。ある意味セクシーよ」

千夏のふざけた言葉に乾いた笑いを返しながら、そのまま視線をずらさずに三角座りをする。

「で、何が原因でそこまで目を腫らして泣くほどの喧嘩をしたの？」

千夏が足を投げ出したまま問う。

「喧嘩っていうか、私が勝手に怒ったみたいな感じなの」

そう、私が勝手に怒って泣いただけだ。

「姉が、美樹にはお父さんが必要だって言うから……。前向きに再婚のことを考えろ、みたいなことを言うのよ」

別に高橋さんのことは言う必要はないと思ったので言わなかった。

「そりゃ、お姉さんが悪い。あんたが必要なければそれでよし。子供に全て父親が必要なら、あたしの場合どうなる？　お祖母ちゃんに育てられたのよ。お母さんまでいないも同然じゃない」

　千夏のお母さんは、まだ物事の判断も付かないほど若いうちに千夏を産み、自分で育てられないので自分の母親に預けた。でも、結局違う人と結婚し、その人との子供も得たので、そのまま千夏はお祖母ちゃんの養子ということになったのだ。今でも、老人ホームにいるお祖母ちゃんに会いにいくのは、お母さんよりも千夏のほうが多い。

「家にはそれぞれの事情があり、それで成り立ってるのよ。いくら姉妹だからって口を出す問題じゃないわね」

　そう言ってくれるお陰で安心する。少し事情のある家庭で育ち、いろいろと苦労してきたこともあるのだろうし、ある意味シビアに現実を見る目も得てきているのだろうが、やはり心を許せる友としての意見なので嬉しい。

「もともと、姉はそういう性格なのよ。口出さずにはいられないの。いい意味では世話好き。悪い意味ではお節介」

　ああ、あんたとは一番気が合わない性格だわね、と言いながら、私の散らかした夫のシャツなどを無関心そうに手に取って眺める。

「あら、これあんたでも着れるんじゃない？　着たらいいじゃない。そのままタンスにしまっておくなんて、もったいないわよ」

どこで買ったのか覚えていないほど、無個性なグレーのTシャツだ。確かに私でも着れそうだ。考えてもみなかったのだが、捨てることも誰かにあげることもしないのなら、使うのが一番かもしれない。

「で、腫れた目の原因は判ったわ。散らかっている原因は？」

「ああ、カメラよ。確か一眼レフがあったと思って。美樹のこと、全然撮っていないし、撮らないといけないなって思って」

そういえば、いつもカメラを持ち歩いてたわね、真一君、と言いながら千夏は再び汚い部屋を見渡す。

「まぁいいんじゃない？　見付からなかったら買えば。今、結構安いの売ってるし」

考えたらそうだ。別に夫のカメラでなければいけないことでもない。ただ、家にあるのならもったいないと思っただけで、見付かったとしても使えないかもしれない。もともと中古カメラだし、彼は熱心に手入れをしていたが、今は二年間も放ってあるのだ。使えない予感のほうが当たりそうだ。

「あ、千夏ちゃんが来てる！」

猫見物の休憩に入ったのか、じゃこを取りにきたのか、美樹が戻ってきて玄関の靴で気付いたのだろう。嬉しそうに走ってきて、千夏に飛びつく。

「おーおー、美しい姫様。お久しぶり。子猫ちゃん見付けたんだってね?」

大げさな言い方をしながら、膝に乗った美樹の髪の毛を梳く。

「そうなの。四匹。すごく小さいの。見たい?」

千夏は美樹の頭を撫で、美樹は千夏の頬っぺたにキスをする。この習慣は、シャイな私ではなく、愛情表現豊かな千夏が美樹に教えたものであり、お陰で美樹は大好きなものにになら何にでもキスをするようになった。私の両親は美樹にキスされるたびに照れ笑いをし、喜美は同じことを美樹に返す。

「見たいけど、残念。千夏ちゃんはお仕事の途中に寄ったのですよ。じゃ、美樹ちゃんがマンションの外まで送ってくれる? ついでにちょっと子猫ちゃんたちに挨拶していこうかな?」

千夏が立ち上がろうとすると、美樹は膝から降りて、ジャケットの裾を引っ張りながらハンガーから外して千夏に渡してやる。

「うん」

千夏は私が渡した原稿を持ち、新しい仕事の書類をくれた。私は猫を早く見せたくて急かす美樹をなだめながら、少し仕事の内容を聞き、玄関まで手を繋いで出ていく二人を見送った。私は二人を見送った後、散らかった部屋に向かって溜息をつき、元あった場所にそれらを押し込めなおし、壁を這っていたゴキブリを一匹週刊誌で叩き潰した。

美樹が再び戻ってくるまでに何とか部屋を片付けておこうと思ったのだが、一度座り込んでしまうと腰が重くなり、私はグズグズと片付けを引き伸ばし続けた。

結局、買うと決めたのにもかかわらず、実際カメラ店に足を運んだのは、夫のカメラを探し、姉と喧嘩した日から二週間後になった。

私は美樹を連れて大手のカメラ店に行き、あまりのカメラの多さに圧倒された。値段もピンからキリまであり、カメラなどに一切興味もなかった私にとってはSFの世界でも見たような感じだった。珍しさにあちこち飛び回る美樹を追いかけ回しながらキョロキョロしていたら、顔中を笑顔にした若い男の店員が「カメラをお探しですか？」

と聞いてきた。

「あの、一眼レフが欲しいんですけど。安くて、初心者でも使えるのってありますか？」

洋服店でも電気店でも店員に付かれるのが苦手な私がおずおず聞くと、再び店員は顔中に笑顔を作って「ございますよ」と言って、私の望むようなカメラを陳列している棚のほうへ案内した。

店員の説明を聞きながら、結局店の中で二番目に安い一眼レフを選び、その後美樹と自分の洋服を数着まとめ買いした。

沢山の人や物があるところへ行った私は、お昼を食べるために入ったレストランの中ではすでにぐったりしていたが、逆に、沢山の人や物があるところへ行って、多くの刺激を受けた美樹は、元気がいつもの三倍以上になっていて、煩いくらいにお喋りだった。美樹のお喋りのせいもあり、私は昼食後はもっと疲れ、大荷物を抱えて家に帰るのが億劫になっていた。しかし、タクシーに乗って帰るほどの距離でもない。

「お母さん、雨が降りそう」

マンションや家などに挟まれた細い通りを歩いていると、美樹が唐突に言う。美樹に言われるまで、太陽がなく曇ってきた空に気付かなかった。

「ホントね。傘ないから、急いで帰らないといけないわね」

湿った涼しい風が吹き始め、雨の匂いがしてきて余計に心配になった。洋服を買ったときに、店員がビニール製の大きな袋にまとめてくれたので、服もカメラも何とか大丈夫だろうと思い始めた矢先、雨がポツリポツリと、持っている買い物袋の上に音を立てて落ちてきた。

「お母さん、降ってきた」

おそらく、初夏特有の通り雨だろうが、歩いているのは、小綺麗で同じデザインの家が並ぶ住宅街だ。雨宿りする場所なんてない。タクシーを拾えそうな場所もない。

「そうね。美樹、ちょっと早歩きしよう。コンビニ探して。傘買わないと。お母さんは右見るから、美樹は左見てね」

そう言っている間にも雨が強く降り出した。前髪は降り始めの間にすでに額に張り付き出していた。私は美樹の手を握っている左手を放し、買い物袋を抱きかかえる。

「コンビニないね」

同じように前髪を額にピッタリ張り付かせた美樹はのん気に言う。私は住宅街などを帰り道に選んだ自分を呪いながら、ひたすら早歩きでマンションまで急いだ。

マンションに着いた頃は、美樹も私も着ているものが体に張り付き、濡れた睫のせいで視界が狭かった。水を含んで重くなったジーパンと、どこかの階で呼ばれたまま動かないエレベーターを罵りながら階段を上がり、濡れた手で乾いた鞄の中身を探って鍵を取り出す。部屋に入ってそのまま風呂に直行し、蛇口をいっぱいにひねってお湯を出す。そしてすぐに美樹の服を脱がしてタオルで体を拭いた。

「お母さん、美樹、自分で拭けるよ」

私からタオルを奪おうとする美樹の手を払う。

「いいから。風邪引いたら大変なのよ。待ってなさい。すぐにお湯が溜まるから」

あまりに強く拭くものだから、痛いのだろう、美樹は体を捩るが、風邪をひかせたら大変だ。湯が溜まると、三十分も温かいお湯の中に無理やり漬からせ、昼寝をさせた。

美樹が眠り、ほっとして脱がせた服を洗濯機に放り込む。そして自分の濡れたTシャツとジーパンも体から引き剥がすように脱ぎ、洗濯機に放り込む。私は服も脱がず美樹を風呂に入れていたので、本当に帰ってきたままの状態だった。乾いた服が、冷たい肌に心地好く、ホッとする。床に残っている私と美樹の足跡を雑巾で拭いた後、タバコを一本取り出し、大きく吸い込んで煙を吐きながら、そういえば同じようなことがあったのを思い出した。

夫と、もうすぐ生まれる赤ちゃんのための物を買いにいった日のことだった。晴れていたので車は使わず、二人で歩いて近くのスーパーに行き、生まれる赤ちゃんが女の子だとすでに判っていた夫は子供みたいに目を輝かせながら私以上に張り切って売り場をウロウロし、ピンク色のものやフリルの付いた可愛らしいベビー服を何着も購入した。そして帰り道、突然通り雨に降られた。大荷物の私たちは慌ててマンションに帰り、夫は濡れた荷物を放り投げるように居間に置くと、すぐに湯を出す音が廊下にまで聞こえるほどの勢いで湯を溜め、私のマタニティワンピースを脱がし、体を拭いた。

「自分で拭けるからいいわよ」

私は立派な大人だったし、第一風呂に入るのだから大丈夫だと思ってそう言ったのだが、夫は馬鹿みたいに強い力で私の体を乾いたタオルでこすり続けた。

「いいから。妊娠中に風邪を引いたら大変だよ。待ってて。すぐにお湯が溜まるから」

そう言って、湯が溜まると私がのぼせるほどお湯に漬かり続けることを強要し、無理やり昼寝をさせた。大人が雨に濡れたくらいで簡単に風邪を引くわけもない、と私は夫の心配性に心で笑いながらも従った。

「生まれる子供、女の子って嬉しい？」

どうしても寝付けないのだが、見張るように夫が横にいるので起き上がることもできず、夫に喋りかけた。

「もちろん。子供は皆可愛いし、自分の子だったら男でも女でも嬉しいけど、やっぱり女の子は見た目が可愛いから楽しみが多い。しかも君の血が入っているんだから、間違いなく可愛い子だよ」

夫が照れもせずに答えるので、私が逆に照れた。

「キャッチボールを一緒にしたいとか、そんなのはないの？」

私が言うと、夫は考えてもみなかったというような表情をした。

「僕は子供と二人で遊ぶよりも、三人で遊園地に行ったり、動物園に行ったり、散歩したりしたい。お弁当なんか持って、シート広げて。バドミントンしたりとか、家族で楽しみたいな」

夢を見ているみたいな顔で嬉しそうに未来を語る夫を見ながら、私は涙ぐんだ。この人の妻になれてよかった、と。私の理想の家族を夫も同じように理想としていることが嬉しかった。結局、私はその後すぐに眠りに落ちた。


指に挟んでいたタバコの先から、溜まった灰がポトリと床に落ちる。私は慌ててそれをティッシュで拭き、短くなってしまっていたタバコを灰皿に押しつぶす。夫が私にしたことを、私はそっくりそのまま自分の娘にもしていたことに苦笑しながら、新しいタバコに火を点ける。

ふと、本棚をまだ触っていなかったことを思い出し、私は火を点けたばかりのタバコを消した。そう言えば、夫はよく夜中に本棚の前でゴソゴソと何かしていたではないか。私たち夫婦は結婚してこのマンションに引っ越してきたばかりの頃、大きな本棚を購入した。それを半分ずつとかの区別も付けずに、お互い好き勝手に自分たちが個人で購入した本を並べたり、読んだりしていた。私も夫も読書が趣味であり、本にかけるお金に対してもったいないと思うことはなく、次々に購入してはこの本棚に詰め込んでいた。

シリーズ化されている本は一度に買ったものなので、今でも読んでいないものは沢山あるし、進行形のものもある。夫が亡くなってから私が手を付けている彼の遺物は、この本たちのみだ。というよりも、遺物という感覚を持たなかった。正直、文庫などにおいてはどちらが購入したのか覚えていないものが多い。しかし、写真に興味のなかった私はそこにあった写真集や画集などが詰められている仕切りには目も留めなかった。夫は写真も絵も好きで、よくそれらの載った大判本を購入していた。

私は本棚の一番下にある、背表紙だけですぐにファイルと判るものを写真集や画集のコーナーから全て乱暴に抜き取った。散らかしたファイルは全てで十冊ほどあり、私はその内の一冊を手に取った。二年間も開かれることのなかった、写真を閉じ込めたファイルは、うっすら埃っぽくなっていたが、簡単にページは捲れた。鳥や花などが、一眼レフ独特のぼやかしなどを使った方法で写真に収められており、それらは素人の撮ったものだと明らかに判るような写真だったが、一度も夫が個人的に撮っている写真を見たことがなかったので、私は感動すらしながら一つひとつ眺めた。

通常のアルバムと同じように写真を収める仕切りが付いている、透明のビニール部分から一枚を手に取って見ると、裏に日付が記してあった。マメな性格だと、今さらのように感心する。

一冊全てを見終え、次の一冊を手に取ると、表紙の右下に小さく「笑美」と書いてあった。私は緊張しながらそれを開くと、何回目かのデートで行った喫茶店と今でもよく覚えている場所で、私が微笑んでいる写真があった。そっと取り出して裏を見ると、ボールペンでの走り書きがあった。

「笑美という、名前に似合う美しい笑顔の人だ。いつになったら、この笑顔を向けられても照れないで平然とできるようになるのだろう　一九九八　十一　一」

私は恥ずかしくなり、それをもう一度ビニールの中に押し込んだ。よくもこんな恥ずかしくて気障なものを書いていたものだと、半分呆れながら照れながらファイルを閉じた。ほかの写真もこんなふうに気障な言葉が書かれているのかと思うと見るのが怖かった。しかし、どうしても見たかった。あまり思ったことを口に出さない彼が、どんなふうに私を思っていたのか気になった。私は再びファイルを開いた。

どれもこれも、私が写っており、ときどき、撮られた瞬間を覚えているものもあった。千夏と写っているものもあったので、それを裏返して見ると、

「千夏ちゃんは妻の親友。妻に負けない美人で、激しく明るい性格の人　一九九八　十二」

千夏と比べられれば、明らかに私より千夏のほうが美人だ。夫に千夏を初めて会わせたとき、夫は千夏と目を合わせることができないほど緊張していた。初めて見たとき、あれほど千夏の美貌に驚いていたくせにと、夫の欲目を笑いながら、涙腺が緩み、鼻の付け根辺りがむずがゆくなってきたのを感じた。

そして、そのまま全部のページを見た。一番最初に載せられている写真以降、私は自分だけが写っている写真の裏は読まなかった。何ページも残したまま、最後に写真がはさまれているページのものは、私が眠っているものだった。それだけ再びビニールから取り出し、裏を見た。

「瞼が下りている今は、笑顔が見れなくて少し寂しい　二〇〇二　四　十七」

これは夫が死ぬ一か月前くらいのものだ。私は流れそうになる涙を必死に抑えながらファイルを閉じる。

こんな歌謡曲にでもありそうな恥ずかしい言葉を夫が書いていたことに驚いた。でも、こんなにも私の笑顔が好きなのだったら、もっともっと、笑ってやればよかったと悔しくなる。

私は涙目のままほかのファイルを見た。もう一冊のファイルは「ＭＩＫＩ」とローマ字で書いてあった。そっと開くと、生まれたばかりの美樹が眠っている写真だった。可愛い、というよりは無個性なサルみたいな顔だが、やはり可愛いと言わずにはいられない寝顔だ。

「僕たちの子供が生まれる。新しい家族の誕生だ。何故こんなにも可愛いのだろうか。きっと妻にそっくりの美人になるだろう　二〇〇〇　五　十五」

私は我慢できずに涙を流した。そして、涙で霞む目のまま、次々にページを捲っては、写真の裏を、いちいち読んだ。初めのページは寝ている美樹の写真ばかりで、ほとんどが同じポーズであるのにもかかわらず、違う表現方法を使っては、美樹の可愛さが綴ってある。ページが増すごとに美樹が起きている状態の写真が増えていたが、毎日のように何枚も撮られている写真ばかりで、美樹の成長などあまり感じられない。夫の親馬鹿ぶりに笑いながらも、私は赤ん坊の美樹の写真を見続けた。

結局、三か月でファイル一冊は使い果たされてしまっていた。まだ見ていない残り三冊のファイルの表紙を見ると、「ＭＩＫＩ２」というもの、「ＭＩＫＩ３」というもの、

「家族」というものがあった。私は二つを飛ばし、「家族」を開いた。

一番初めの写真は、私と生まれたばかりの美樹を抱える夫が、少しブレて写っていた。確か、これは私の父が撮ったものだ。何となく記憶にある。夫が、カメラに詳しくない父に一生懸命使い方を教えていた。そっと裏を見てみると、丁寧な文字でこう記してあった。

「家族。ずっと欲しかったもの。そして手に入れたもの。僕の宝物　二〇〇〇　五十五」

私は声に出して泣いた。もう次のページさえ捲ることはできなかった。

宝物。

美樹だけではなく、夫の宝物の中に私も含まれている。

違う、家族というものは、夫も含めての意味だ。彼が宝物と指しているのは、家族という全体を指している。

夫は一人でいつも写真の整理をしていた。隣の部屋で眠る美樹と私に遠慮して、電気も点《つ》けずに胡座《あぐら》をかいて作業をしていた。布団のなかから手を伸ばして襖を開け、背中を丸めながら作業に没頭している夫へ、「電気を点けて、テーブルの上でやればいいのよ?」と、声をかけようか迷いながら、結局はいつの間にか私は眠っていた。

朝起きると、夫は美樹を挟んだ向こう側の布団のなかで眠っていた。本棚もきれいに整頓された状態になっていて、あれは私の夢だったのだろうかとぼんやり考えることが何度もあった。それが、当たり前の日常として、何度もあった。

私は夫の不在に泣いた。彼が死んで以来初めて、悲しみではなく夫がいないことの寂しさに泣いた。

サガンの小説にあったセリフを思い出す。

「あなたは恋愛について少し単純すぎる考えを持っているわ。それは独立した感覚の連続ではないの。そこには絶え間ない愛情、優しさ、ある人の不在を強く感じること」

初めてそのセリフを読んだときは、やはり恋なんて自分には縁のないものだと思った。絶え間ない愛情というよりは、短い愛着しか他人に対して持ったことがなかった。私は自分だけの時間を、誰かを強く思うことで埋めたりしなかったから。今でも恋愛という感覚は理解できない。私が夫に持つものはやはり、恋などと名付けられる甘い感情でも情熱でもない気がする。だけど、絶え間ない愛情、優しさはあった。そして何よりも今、夫の不在を強く感じている。彼がいなくて私は堪らなく寂しかった。一人が寂しいのではない。夫がいなくなった、当然のようにいた場所からいなくなったことが寂しかった。

私は襖を開け、美樹の寝顔を眺める。やはり雨に濡れて疲れたのだろうか、無邪気な寝息を立てながらグッスリ眠っている。寝息とともに上下する上掛けを見て、何故か安心した。美樹がいるのだ、私には。この宝物がいる。愛しい。心から思う。

そういえば、夫が言っていた。義母が生まれたばかりの義姉を連れて義父の実家へ帰ったとき、義姉を抱きながら義父の父母たちは、しきりに「いとしい子だ」と言っていた、と。それは堅苦しい言葉ではなく、「可愛い」をそのまま表現する福井の方言らしかった。

「母は、そのときほど福井弁って耳に心地好いと思ったことはないって言っていたな。確かに、『いとしい』って賞賛するときには使わないよね。どっちかというと、自分の感情を表現するときに使うけど、意味合い的には同じようなもんだよね」

夫はそう言うと、何度も眠っている美樹を撫でながら、「本当にいとしいな、美樹はいとしいな」と繰り返していた。私はその眠っている美樹も、美樹をいとしがる夫も、いとしいと心から思った。

今、私の布団の隣は美樹しかいない。美樹の横で眠るはずの夫がいない。

私は再び襖を閉めた。

閉じられた空間に、寂しさが何よりも強い感情として湧き起こる。もう夜中なのにもかかわらず、私は千夏の電話番号を押した。数回呼び出し音が鳴った後、寝ぼけた声で返答が来る。

「ハイ」

「あ、千夏？　私」

「笑美？　どうしたの、夜中に？」

聞き慣れた千夏の声がありがたくて涙が出そうになった。電話の向こうで繋がっている友人に、理由もなくかけてしまったことを詫びようとしたとき、千夏ではない人の声が電話越しにうっすら聞こえた。

誰、ああ、友達？　こんな時間に？　と、途切れ途切れではあるがハッキリと、少し低めのかすれた声が聞こえた。こんな時間に千夏の部屋にいるその人は、彼女の恋人だろう。寝ぼけた千夏の声から察するに、二人で眠っていたのかもしれない。

急に私は一人ぼっちになってしまったように感じた。と、同時に自分勝手な感情に走る自分が恥ずかしいと思った。

「ゴメンなさい。別に用はないの。仕事のことで、ちょっと気になって。また、かけるわ」

私は一気にそう言うと、すぐ電話を切った。

電話を切ると同時に、テレビを点けた。音がなければ今の状態を、耐えることはできなかった。くだらない料理番組だが何もない静かな部屋で一人、ただじっとしているよりはマシだった。

ずっとタバコを吸い続けながら、料理番組がもっとくだらないバラエティ番組に変わるのを眺めていた。

すると、チャイムが鳴った。

私は夜中であることも忘れ、誰が来たのだろう、と考えながらフラフラと鍵を開けた。扉の前にはパジャマに上着を羽織っただけの千夏が立っていた。

「全く、どうしたのよ。受話器を外していたの？　何度掛け直しても通話中だし」

怒ったようにそう言いながら、うわ、タバコ臭い、と部屋の中に入ってきた。私は玄関に立ったまま居間に行く千夏を呆然と眺めていた。そうしていると、自分の目から涙が零れていくのが判った。

「ほら、受話器が外れたまま」

そう言って、千夏は受話器をきちんと戻す。そして、くだらないバラエティ番組が流れているタバコの煙臭い部屋に立ちながら、私のほうを向いた。そして、私が散らかしたままのファイルを取り上げ、ペラペラと捲った。

「ゴメンなさい」

私は玄関から動けないまま居間に立つ千夏に言った。千夏は黙ったまま私を見て、拾い上げたファイルを再び床に置いた。

「ゴメンなさい」

私はまた言った。千夏の沈黙を彼女の怒りだと感じたから。千夏は黙ったまま、玄関に立ったままの私のそばに来て、子供を慰めるように私の頭を撫でた。

「お姉さんと、喧嘩したの？」

子供の言い訳を聞こうとする、分別のよい大人のような声だった。

「寂しくなったの」

喉の奥から絞り出すような声で私が言うと、「そう」と言いながら、千夏は私を抱きしめてくれた。私はしゃっくりが出るような汚い泣き方を始めてしまった。

「真一さんがもういないのが寂しくなったの」

そう、と言いながら、しゃっくりをする背中を撫でてくれる。

「真一さんがいとしくてたまらないの」

そう、と千夏は再び言う。

「ゴメンなさい」

私はそのまま、泣いている原因さえ判らなくなるほど、千夏の温かい、少しシャンプーの匂いがする腕の中で、「ゴメンなさい」と言いながら泣き続けた。


目が覚めたとき、いつもの和室ではなく居間なので、違和感があった。

「おそよう」

聞き慣れた千夏の声が降ってくる。私は何故、自分が客用の布団で眠っていたのか不思議に思いながら、体を起こす。

「あんた、そのまま眠ったから、適当に布団敷いて、重かったからそのまま転がしたのよ。あたしはあんたの布団借りて、美樹ちゃんの隣で寝たわ」

千夏は私の家に置いてある、自分の服を着ていた。散らかった部屋は綺麗に片付けられ、ファイルも元の本棚に戻してあった。タバコの臭いは全て消えていた。口の中だけがタバコ臭く、自分の体だけが、新鮮な部屋の中で唯一、汚いものに感じられた。

「シャワーでも浴びてきたら？　あんた、相当、タバコ臭いわよ」

自分でも思っていたことをそのまま指摘され、追いやられるように風呂場へ行き、私は重たい頭のまましぶしぶシャワーを浴びた。じっとりと降ってくる湯が、乾いた体に気持ち悪かったが、シャンプーなどの匂いを嗅いでいると、妙に気持ちよくなった。

数分でシャワーを浴び、居間へ戻ると、トーストと目玉焼き、サラダなどがテーブルに置かれていた。目玉焼きの油の匂いが、空腹を呼び起こす。

「朝ごはん、作ってくれたの？」

まだ眠気から完全に独立できていないかすれた声で聞くと、千夏がニヤリと微笑む。

「大したもんじゃないけどね。お母さんのよりも美味しいって美樹ちゃんからお褒めの言葉、お与りしましたわ」

フライパンを洗いながら千夏は言った。洗剤と油の混ざった匂いが、ジュッという音とともに鼻先までやって来る。

「美樹は?」

「にゃんにゃんのところよ。じゃこじゃなくて、キャットフードでも買ってきてあげたら?」

洗い終わったフライパンを布巾で拭き、私の前に座る。

「あんた仕事は?」

「起きてすぐ質問攻め? 私のほうが聞きたいことはいっぱいあるのに。今日は休みよ。だから、昨日は恋人といたの」

そう言われて、すごく申し訳ない気持ちになる。

「ゴメンなさい」

私が項垂れると、濡れたままの頭をわしわしと撫でられる。

「別にいいわよ、そんなこと。それよりもさっさと食べてくれない? せっかく作ったんだから」

そう言われ、私は叱られた後の子供のようにもそもそと食べ始めた。千夏はしばらく黙ってそれを眺めていたが、ゆっくりと沈黙を解放させるように口を開いた。

「もし、寂しくなったら、いつでも呼び出しなさい。寂しいと思うのは当然のことなんだから、遠慮せずに寂しがりなさい。どれだけ寂しいって泣いても癒えるものじゃないかもしれないけど、素直に寂しがって泣いたらいいんだから。あたしはいつだってあんたが寂しいなら来る。真一君がいなくなった寂しさをどうにかできるわけじゃないけど、親友が一人で泣いているのを放っておけるほど薄情な女じゃないのよ、あたしは」

そう言われ、私はまた泣きたくなったが、もう泣かずにただひたすら目の前にあるものを口の中に入れ続けた。

結局、千夏は夕方までいた。せっかく恋人と過ごすはずだった彼女の休日を邪魔してしまったことを悪いと思いながらも、美樹が公園に行ったので、ずっと部屋で話をしていた。私たちは今まで故意に避けてきた夫との思い出を話していた。二人とも不自然なほど、夫の思い出話を口にするのは避けていた分、沢山話すことはあったし、話してもまだまだ足りなかった。帰り際、千夏は冗談めかして言った。

「あたしってあんたに負けないくらいの美人なの？」

読んだのだろうか、あれを全部。かなりの量だったのに。

そう思っていると、私の表情を読み取った千夏は笑った。

「あたしが載っている部分だけ読ませてもらったの。大したもんね、真一君のマメさも。あたしも、ちょっと泣いたわ」

そう言った千夏は、思い出したのか、少し涙声だった。

彼女と夫は友達だった。千夏にしてみれば、友人を一人、亡くしたようなものなのだ。彼女にも彼女なりの悲しみがあるのだろう。三人で共有した時間だけではなく、夫と千夏だけの思い出だって沢山あるのだから。

私は千夏が帰った後、話しながらずっといじっていた新しいカメラを持って、美樹を公園まで迎えにいった。夏に近付いていく空は、すでに五時を回っているが、全然昼間と変わらないような明るさだ。影の長さだけが、夕方ということを証明している気がする。

私が公園の入り口のところに立つと、遊んでいる二人が見えた。

「あ、お母さん」

滑り台の上から美樹とあつし君が手を振った。私は小さく手を振り返しながらカメラを構え、焦点を合わす。そして父のお陰でモデル慣れした美樹がポーズを取る前にシャッターを押した。現像するまでは、美樹もあつし君もどういうふうに写ったのか判らない。私が笑いながら二人に近付いていくと、あつし君は不思議そうに私の持っているものを眺める。

「おばちゃん、カメラ持ってるの?」

「昨日買ったんだよ」

美樹が私の代わりに自慢する。あつし君もうらやましそうに見せて見せて、と言った。落とされては困るので、電源を切り、自分の手の中から重たいカメラを見せてやったら、二人は小さな手で私のカメラをペタペタ触った。

「ハイハイ、もう一枚撮るわよ」

私が声をかけると、二人は慌てたようにピースをする。私は二人にカメラを向け、アングルを変えて、何度もシャッターを押した。

「あら、藤沢さん」

あまりに真剣にシャッターを押していたので、全然気付かず、いきなり自分を呼びかける声に少し驚いたが、微笑みかけてくる大槻さんに、私も同じような微笑みを返した。

帰りの遅いあつし君を迎えにきた大槻さんは、私の手元を不思議そうな表情で見ている。私は何も言わないまま、勝手に大槻さんにレンズを合わせてシャッターを押した。

「あら、いやだ。私、変な顔していなかった?」

大槻さんは小さな目が消える笑い方をしながら、私のカメラを眺める。私も笑いながら自分が持っているカメラを大槻さんに見せる。

「一眼レフ? すごいわね。ご主人の? それとも奥さんの?」

女の手には不似合いな大きいカメラに、大槻さんの小さな手が触れる。

「夫の趣味を私が受け継ぐつもりなんです」

私は自慢げにそう言った。まぁ、仲のいいご夫婦ね、と言う大槻さんは、私の夫がもう亡き人なのを知らない。私もあえて言わない。今言わなくても、お付き合いしていくうちに知られるだろう。だが、今、お悔やみは言われたくない。

「そろそろ晩ご飯の時間だから、帰るわよ」

優しくあつし君に言いながら、大槻さんはあつし君の小さな手を取る。私も美樹の手を取り、何をして遊んだのかを喋る美樹に相槌を打ちながらマンションへ戻った。

マンションに近付いたとき、ふと猫のことを思い出した。

「美樹、猫さん見ていこうか？」

美樹は嬉しそうに「うん」と言いながら、つないでいる私の手をギュッと掴んだ。自分だけが発見した猫の居場所を教えることは、秘密基地を分け合う気分なのかもしれない。今のところ、私と千夏以外に、駐輪場の奥に住み着いている猫の存在を知っているものはいない。子供にとっての秘密基地を教えてもらえるなんて、親としても嬉しい。

小汚い駐輪場で自転車を掻き分けながら私が進む一方で、体の小さな美樹は、すでに穴の前に立っている。おさげを汚いコンクリートに付けながら、中を覗き込み、私を手招きした。

「子猫ちゃんたち、大きくなっている？」

私が小声で聞くと、また美樹に「シッ」と突き出した唇の前に人差し指をかざすポーズを取られた。

「お母さんにも、見せて？」

私がもっと小さな声で言うと、美樹は嬉しそうに場所を譲ってくれた。私は美樹以上に体を小さく丸めて穴を覗き込む。中にはあのトラ猫と子猫たちが、暗闇の中から目を光らせてこちらを見た。ふいに触りたくなったが、美樹の手前、触るわけにもいかないので我慢する。

「ねぇ、猫の写真も撮って」

美樹が小声で言いながら私を突付く。暗闇からこちらを睨み付けるように見てくる猫は、お世辞にも可愛いと言えるものではなく、撮りたいと思わないのだが、まだフィルムが余っているので、数回シャッターを押した。もしかするときちんと写っていないかもしれないが、シャッターを押したことで美樹に対する言い訳はつく。

私が退いた後、美樹は再び穴を覗き込んでいたが、かなり暗くなっていたので、まだ眺めていたがる美樹を説得し、部屋に帰った。

夕飯の後片付けをしていると、「オルフェウスの会」で電話友達になった上岡さんから電話が入った。

「今日、主人の命日で……もう気分的に落ち込んでどうしようもなくて、藤沢さんと話したくなったんです」

美樹が眠っている部屋の襖を眺めながら私は相槌を打つ。上岡さんの声は少し上ずっていた。

「寂しいと思うのは当然の感情ですよ。素直に寂しいって思ったらいいと思いますよ。癒えることなんてないんだから、その感情に罪悪感を持つことなんて必要ないですよ」

私が相手に言い聞かせるように落ち着いた声でそう言うと、上岡さんは泣きながら、「寂しいです、本当に主人がいなくなって、寂しいです」と言った。

寂しいという言葉は、痛いという言葉と同じで、口から出せば何となく紛れる気がしてしまう。出したところで変わらないのだが、でも、何となく出さずにはいられない、溢れ出る感情だ。こんなこと、今までは知らなかった。

「私も寂しいです。でも、この感情とは上手に同居しないといけないですね。お互い、『宝物』もいますし」

「宝物」という言葉を上岡さんは小さく呟き、最後に言った。

「そうですね。お互い頑張りましょう」

電話が切れた後、自分が言った言葉を心の中で繰り返す。寂しいと思う気持ちとの上手な同居。これに押し流されて泣く日は何度もあるだろう。自分で言いながらも難しいことだと知っているが、でも、していかなければならないことだ。誰かの不在による寂しさを、ほかの人で埋め合わせるなんてことはできるはずもないのだから。夫がいとしい、と心から思う。当然のようにいたときは、そんな気持ちを知らなかったし、考えもしなかった。今さら、いとしいと思うのは少し罪悪感にも似た感情が湧く。でも、罪悪感を持ったところで何も変わらない。むしろ、寂しいと思う気持ちが余計に強くなってしまう。でも、いとしさも寂しさも、両方とも、どう対処していいものか判らない感情だ。どう対処していいのか判らないのなら、私は上手に同居していく以外に取れる姿勢はない。


偶然、駅の近くで高橋さんと出会った。その日、美樹は私の両親に連れられて、温水プールへ行っていたので私は一人だった。一度しか会ったことのない相手だが、何となく嬉しかった。

「お久しぶりです」

高橋さんは少し微笑みながら言った。相変わらずエリートの印象を受ける清潔そうな雰囲気の中に、以前あった拭い切れない憂鬱の気配が見えなくなっている。

「お久しぶりです。お元気ですか?」

そう言いながら、高橋さんと少し喋りたい気分だったので、喫茶店に誘った。

「いや、申し訳ないんですが、ちょっと約束があるんですよ」

高橋さんは少し照れたような顔でそう言った。その印象から、何となく私は気付いた。

「もしかして、女性かしら?」

冗談めかしたふうに言ったが、確信はあった。

「はい。やっと縁談が決まりました。娘もその女性によく懐いていまして」

少し恥ずかしそうに、しかし、嬉しそうに笑いながら、高橋さんは目線を、私から逸らす。

「よかったじゃないですか」

私が心の底からそう言うと、高橋さんは、頭を掻きながら言った。

「妻が亡くなったとき、私の鬱はひどくて、入院していた時期もあったんですよ」

何でも完璧にこなしそうな高橋さんの入院経験に驚いた。

「しかしね、やっと妻が亡くなったことを受け止め、新しい家族を持って生きることに、夢も湧いてきました」

「どんなお相手なんですか？」

「いや、実はただのお見合いなんですけど、友人の伝《つて》で知り合いまして。相手も相当今まで苦労をしてきた人なんで、お互いに安らぎを求めていたんですよ。本当に上手くまとまって、よかったです」

高橋さんは太陽から眩しそうに目を細め、逸らした。

「藤沢さんは、再婚とかはまだ考えられないですか？」

私は少し考え、言った。

「これから先も考えないと思います。夫がいなくなって、寂しい気持ちはありますけど、それをふっ切ったとしても、私は考えていないです。夫に対する忠誠とかそういうのではなく、私にとって再婚が特別大切にも思えないんですよ。周りに何と言われようと、私は一人で娘を育てるつもりですし」

高橋さんは感心するように、そうですか、貴女は強いですね、と言った。そして私たちは五分足らずで立ち話を切り上げ、別れた。

沢山の人が横をすり抜けていくなか、私は考えた。

夫の存在。

それは失う前以上に大切だと感じている。当然のようにいたときは、大切と考える暇もなかっただけなのかもしれない。私は夫の不在を感じるからこそ、大切だと思うのかもしれない。でも、どうすることもできない。もし美樹がいなくなって、新しい子供を生んだとしても、その子のいとしさには変わりはないだろうが、美樹が私の中を占めていたのとは別の場所にその子は入るだけであって、美樹がいた空間を埋めることなんてできない。人の存在とはそういうもの。それぞれに場所があり、それぞれに役目がある。役目を補うのは可能だが、場所だけは無理だ。空いてしまったものを埋めることなんてできない。以前は恐れていて、ハッキリと自分に向き合って「夫がいなくて寂しい」と言うことはできなかった。もしかすると、夫の死に対する現実を、受け止め切れていなかったのかもしれない。ただ、夫が死んだという事実を悲しいと思った。溢れ出す思い出が自分を落ち込ませるのが怖いと思っていた。でも、どうすることもできない。寂しいのは事実だ。

夫と過ごした瞬間を思い出すたびに、その寂しさが蘇る。ただの記憶として残っているのではなく、戻ってこない大切な時間をいとしいと思うからこそ、寂しくなる。しかし、受け止める以外に方法はないのだ。ある意味、姉の言っていた前向きとは違う意味で、前向きになり始めた気がする。

いろいろ考えていると雨が降ってきた。私は商店街を通り抜けてマンションに戻り、美樹の帰りを待った。

夏が来た。今日は義父母が京都から出てくるので、朝から美樹と手をつないで東京駅まで迎えにいった。一週間の滞在予定を立てている二人の荷物は相当なもので、私と美樹も持つのを手伝ったが、それでも多かった。

マンションに戻って、美樹が義父に絵本を読んでもらっていたので、私は義母を呼び、夫のファイルを見せた。義母は涙を流しながらそれを捲った。

「あの子もこんなん遺して、とんでもない子やわ。こんなん見たら、逆に辛い思いするやろ?」

義母は捲り終えたファイルを閉じ、私に渡しながら言った。そして、机の端に置きっぱなしてある、写真屋さんがくれた飾り気のない小さなアルバムを見付けた。

「見ていい?」

私が頷くと、義母はそれを開けた。それらは最近、私が撮っている写真だ。ほとんど美樹が写っているが、ときどきシャークや猫や千夏、父や母と写る美樹、姉の子供などが入っている。

美樹がアップで笑っている写真を見付け、義母は言う。

「これ、本当によく写ってるわ」

もっとよく見るためにアルバムから引き出し、そのとき裏面に書いてある文字に気付いたようだ。

「公園で笑う美樹　二〇〇四　六　十九」

夫のような詩めいたものは恥ずかしくて書けないが、私も一応、裏にそういうふうに、記していくことを始めたのだ。

「よかったら、お好きなもの言ってください。焼き増しします」

私がそう言うと、義母は美樹が写っているほとんどの写真を選んだ。笑っているのも、怒っているのも、眠っているのも。

「ゴメンな、こんなん言ってたらいつまで経っても笑美さんは遠慮なく再婚なんてできひんって思うんやけど、やっぱり孫って可愛いわぁ。美登里に子供がいてへんから余計可愛くて仕方ない。福井弁を使うのなら、『いとしいわぁ』って感じや」

義母は、襖を開けた向こうの部屋で、義父と絵本を見ている美樹を眺めながら言った。「いとしい」って本当に素敵な言葉だと、他人の口から音として出てきた瞬間に私は感じた。

「再婚は考えていませんから」

キッパリと、微笑みながらそう言うと、義母の顔が申し訳なさそうな表情になったので付け加えた。

「私には再婚が必要ではないだけですよ。真一さんに遠慮しているわけじゃありません。もともと、真一さんとも恋愛結婚ではないですし、私は男の人が必要で仕方ないわけでもないんです」

ここまで言った後、夫に対しても失礼なことに気付いた。そして、慌てるように付け加えた。

「私にとっての真一さんの存在は、夫であり、美樹の父親です。一緒にいた時間は短いかもしれないですけど、本当に温かい思い出しかありません。真一さんと私と美樹の三人家族はもう現実としては崩れてしまいましたけど、美樹と私の二人家族の中にも真一さんの居場所はあるんですよ。美樹は父親の顔を覚えていませんけど、『死んだお父さん』という言葉だけは知っています。それがいかに大切なものか、どれだけ自分が愛されていたのかも、まだ判ってはいませんけど、大きくなってこのファイルを見たときに思い出すことができます。今は教えるつもりありませんけど、いずれは見せます。私は真一さんがいなくなって、本当に寂しいですけど、思い出がいとしいから寂しいんです。多少辛くても、私はその思い出をいとしみながら生きていこうと思いますし、これから美樹と二人だけの生活で、また新しい思い出が沢山生まれます。ただ、悲しみに溺れて現実を見失っては美樹との生活も楽しめませんから、私はハッキりと見切りを付けて、やって行くつもりです」

それを聞いて、義母は泣いた。

「本当に真一は幸せな子やわ。こんな強くていい奥さんもらって」

実は一昨日、義母に見せようと思っていた夫のファイルをもう一度眺めていたとき、思わず千夏を呼び出してしまった。雨の中、美樹を抱きながら傘をさして立っている私が写っているものの裏に書いてある文字を見て、泣きそうになったのだ。

「大事な日は雨が降ってしまう。僕の思い出はいつも雨とともにある　二〇〇一　九十三」

あれは初めて家族で動物園に行った日だ。考えてみれば、初めての見合いの日も、結婚式も、美樹が生まれた日も、偶然といってはできすぎるくらいに雨天と重なった。偶然、その日も雨だったので、私はまた寂しくなったのだ。ケーキを持ってやって来た千夏は、笑いながら言った。

「そういえば、あたしも真一君と初めて会った日、雨降っていたのを覚えているわ。彼の思い出には全部、雨が付きまとうわね」

私は再び千夏に縋り付いて泣き、千夏は微笑みながら髪の毛を撫でてくれた。雨のたび、これから私は幾度となく寂しさを感じるだろう。夫が私にくれたものは、雨の日に整理が付かなくなってしまうほどの強い感情。いとしさだ。

雨の音を聞きながら、抑え切れない気持ちのせいで叫び出しそうになるが、それは私が感じる夫の不在に対処し切れていない証拠。私の中にある夫の存在は、日を増すごとに強くなる気がする。思い出と共存する寂しさが、独走して私を余計に寂しくさせる。だけど、それも悪くない。

寂しささえ「いとしい」と言えるほど。

著者プロフィール

谷口 きょう（たにぐち きょう）

1983年、京都府に生まれる
京都市在住

「いとしい」

2005年2月15日　初版第1刷発行

著　者　谷口 きょう
発行者　瓜谷 綱延
発行所　株式会社文芸社
〒160-0022 東京都新宿区新宿1－10－1
電話 03-5369-3060（編集）
03-5369-2299（販売）

印刷所　図書印刷株式会社

ISBN4-8355-8603-4